時空棋士

Jiku Kishi

新井政彦

マイナビ

棋譜監修／及川拓馬　六段
カバーデザイン／坂井正規

時空棋士・主な登場人物

○中島遼平《なかじまりょうへい》…主人公・15歳。奨励会三段。

○田所勝也《たどころかつや》…奨励会三段。18歳。遼平の友人。

○斎藤武史《さいとうたけし》…奨励会三段。21歳。遼平、五戦目の相手。

○榎本重兵衛《えのもとじゅうべい》…新橋、日陰町にある「大榎」という煮売茶屋の主人。

○榎本《えのもと》まつ…重兵衛の妻。

○榎本《えのもと》きよ…重兵衛の娘・14歳。家で店の手伝いをしている。

○榎本新太郎《えのもとしんたろう》…重兵衛の息子・10歳。寺子屋へ行っている。

○春日洋之助《かすがようのすけ》…新橋で寺子屋を営む浪人。41歳。アマ三段程度。

○立岡仙太郎《たちおかせんたろう》…日本橋の呉服屋、越前屋の若旦那。26歳。アマ初段程度。

○甚五郎《じんごろう》…大工。43歳。日陰町界隈では強い。アマ初段程度。

○加藤小五郎《かとうこごろう》…印将棋の場で出会う浪人。35歳。アマ五段程度。得意は中飛車。

○長瀬歳三《ながせとしぞう》…印将棋の場で出会う盲目の棋士。21歳。十一代大橋宗桂の元内弟子。

○天野留次郎《あまのとめじろう》…16歳。後の天野宗歩《あまのそうほ》。幕末の天才棋士。

時空棋士

プロローグ

中島遼平はベッドに倒れ込むと、枕に顔をうずめた。

今日は二連敗。今まで四戦して一勝三敗。まだ三敗、いや、もう三敗。全部で十八戦して、上位二人しか四段に上がれないのだ。

去年、一期目の三段リーグは十二勝六敗で五位。二期目は十一勝七敗で八位。

今一歩、いや二歩届かなかった。しかし一期目も二期目も、四戦目が終わった時点では三勝一敗だったのに……。

「ああ」

声は枕で跳ね返って頭のなかに響く。

「ああ……くそっ」

ベッドを思いっきり叩く。

こんなときに限って、一週間後から中間テストだ。範囲表は渡されたが、何も勉強していない。授業中はきちんと黒板を見ているつもりでも、ふと気がつくと目の前に将棋盤が浮かんでいる。

三年生になってすぐの進路面談で、担任に言われた。高校はどうするのかと。

行きます、と答えたが志望校は決まらなかった。近いところでいい、今の実力で入れる高校でいい。そう思っていたが、二年生の二学期から成績は下がり続けている。

「何なんだよ、どうしたんだよ……」

五戦目は二週間後の五月十九日。相手は一期目、二期目と遼平が連敗している斎藤武史三段。二十一歳。今期は絶対に勝ちたい。もし負けると一勝四敗。いや、午後にもう一局あるから、ずるずると五敗もあり得る。

中間テストの勉強を始めれば、斎藤戦の対策は十分にできない。テスト勉強なんかすっ飛ばして、対策を練るか……。

斎藤武史三段の得意戦法は相掛かり。相掛かりは他の戦法に比べるとまだ定跡が整備されていないので、序盤から未知の変化に突入する可能性が大きい。一手間違えるといっぺんに持っていかれる。

遼平も相掛かりはよく指す。勝負するなら、あえて相掛かりにしたい。相手の得意技を上回る手で勝ちたい。そのためには研究の時間が欲しい。

田所勝也の顔も浮かんだ。遼平は十五歳で、田所は十八歳。歳が近いせいもあり、一番仲がいい。二人とも三段リーグは三期目。電話しようかと思ったが、さすがに今日は気が重い。

「遼平、ご飯できてるわよ」

階下で母の声がする。

さっき遼平が玄関を開けたときに顔を合わせた。勝敗はわかっているはず。

「今日はいい。食べてきたから」

遼平は枕から顔を上げて言った。

「おまえの好きな、鳥の唐揚げだけど……」

好物でも今日は食う気がしない。

「いらない」

そう答えて、再び枕に顔をうずめる。

負けても落ち込むな、ということは百も承知。そんな言葉で解決できれば落ち込むやつなんていない。

どこかへ寄って気晴らししようにも、遼平はそんな場所を知らない。カラオケで歌いまくってリフレッシュするんだという仲間もいる。一度だけ付き合ってみたが、かえって落ち込みがひどくなった。

家に帰って局面を再現し、感想戦では気づかなかった別の指し手を探すこと。つらいけれど、遼平にはこれが落ち込みから回復するベストの方法だった。しかし将棋盤に向き合うことが、今日はできなかった。

「祖父ちゃん」

と遼平はつぶやいた。

奨励会へ入るまでは、将棋が楽しくて仕方なかった。強い人がいれば、いつでもどこでも指した。しかし奨励会は違っていた。つらい日のほうが多い。

「絶対にプロになれ。おまえならなれる」

入品（初段になる）のとき、祖父は言った。

祖父の眉毛に混じる白くて長い毛を、遼平は今でも鮮明に覚えている。しかし祖父はもうこの世にいない。遼平が二段になる前に、病気で死んだ。

遼平は仰向けになると天井をにらんだ。白い天井に将棋盤が映し出される。今日の対局の投了図が再現される。遼平は目をきつく閉じた。

どれくらい経ったかわからない。頭がもうろうとしてきた。このまま眠ってしまったほうがいい。早く今の自分から逃げたい……突然、祖父の顔が見えた。

遼平は目を開けなかった。開ければまた元の自分に戻る。夢のなかでこのまま祖父と一緒にいたかった。

祖父は十メートルくらい先にいる。笑って遼平を手招きしている。

「遼平、久しぶりだな。頑張っているか」

「頑張ってるよ、祖父ちゃん。今、三段リーグにいるんだ」

「おおっ、それはすごいな」

「みんな強いから、大変だよ」

「大丈夫だ。おまえならプロになれる」

祖父の笑顔が懐かしかった。

遼平は祖父のほうへ歩き出した。

遼平の足は地面のなかにすっと吸い込まれていった。

1

寒い、かなり寒い……。

感じるのはそれだけ。身体は動かない。

誰かの声が聞こえる。男の声と女の声。しかしよく聞き取れない。

父さんが会社から帰ってきて、母さんと一緒におれの部屋に来たのか……そう考えたときにまた意識が飛んだ。

再び目覚めたときには、もう寒さは消えていた。

「おとっつぁん、目が開いた」

女の声が聞こえた。

「どうやら気がついたようだな」

今度は男の声。

こっちを覗き込んでいる男と女の顔が、ぼんやり見える。

周りはひどく暗い。

「どこか痛いところはないか」

男が聞いてきた。

いいえと言おうとしたが声が出なかった。

「聞こえてる？」

女の声。

やっぱり声が出ない。

「苦しいの？」

声が出なかったので首を横に傾けた。

暗がりに少し目が慣れた。男も女も時代劇に出てくるような髪型をしていた。着物を着ている。どうやらまだ夢のなかにいるようだ。

「あなたはお店の前に倒れていたの。覚えている？」

遼平は首を反対方向に傾けた。

「どこから来たの？　名前は？」

声も出ないし、身体も動かない。

「番屋へ連れて行こうと思ったんだが」今度は男の声。「この寒さだ。番屋には火がないからな。ここでしばらく休んでいくがいい」

咽喉がひどく渇いていた。

遼平は口を閉じたり開いたりした。

「お水が飲みたいの?」

遼平は女の顔をじっと見た。遼平の口元に固い感触があった。それが急須の口であることがわかった。

少しずつ、遼平の口のなかに水が流し込まれる。細い糸のように、水は口のなかから喉に落ちていく。

美味しかった。こんなに美味しい飲み物を初めて飲んだ。大きく息をすると、また意識が遠ざかっていった。

2

目を開けた。

最初に見えたのは黒い板の天井。

やっぱりまだ夢のなかなのか。そばには誰もいない。

布団に寝ているのがわかった。周りは明るい。遠くからたくさんの男女の声が聞こえてくる。

右手を上げようとした。動いた。左手も動いた。

遼平はゆっくりと身体を起こした。

「まだ寝ていたほうがいいから」

女の声が聞こえた。

障子のそばに少女が立っていた。歳は遼平と同じくらいか少し下。切れ長の目にふっくらした頬をしている。

「どこか痛くない？」

少女はそばに座ると、遼平の背を手で支えてくれた。

遼平は再び布団に横になった。

「お水飲む？」

遼平がうなずくと、少女は急須の口を遼平の口に持っていった。二口、三口……水はゆっくりと喉に落ちていった。

「ありがとう……」

「あっ、声が出た」

「助けてもらったみたいで」

「うん、そうなの、あなたは昨日の夜、お店の前に倒れていたの。おとっつぁんが、お店を閉めるときに見つけたの」

少女は振り向くと、おとっつぁん、おっかさんと大声で呼んだ。すぐに中年の男女が障子の向こうから姿を現した。

「この人、やっと声が出た。さっき、少し起き上がることができた」

男と女は少女の反対側に座った。男が遼平の額に手をやる。

「熱はない。顔色もいいようだ」

四角い顔をしていて横幅がある。

「目もしっかりしているね」

女が言う。

丸顔で、この人も横幅がある。同じく時代劇の格好。

しかし使っている言葉は、多少アクセントは違うがよく理解できる。

「ありがとうございます」

遼平は寝たまま言った。

夢のなかでも、礼儀は礼儀。

「礼なんかいらないよ」女が威勢のいい声で言う。「それよりご飯食べるかい。今、支度しているところだから」

「あっ、はい……いただきます」

急に空腹を覚えた。

やっぱり母が作った唐揚げを食べてから寝ればよかったんだ。女と少女は立ち上がると部屋の外へ出ていった。

「名前は？」

男が聞いてきた。

「中島遼平と言います」

「りょうへいさんか。どういう字を書くんだ」

遼平は右手を伸ばして床に漢字を書いた。

「遼が難しい字だな。わしはこの店の主で、榎本重兵衛という。あれは女房のまつと娘のきよだ。他にも新太郎という息子がいる」

男は床に字を書いた。

重兵衛とまつときよと新太郎……古い名前だ。

自分の夢なのに、かなり凝った作りになっている。

「歳は？」

「十五歳です」

「生まれは？」

答えに迷ったが、ひとまず言ってみた。

「東京です」

「とうきょう？　それはどこにある村だ」

「よくわかりません」

「ここには旅の者がたくさん来るが……そんな村の名は聞いたことがないな。どうして江戸へ来たんだ」

　江戸？

　遼平は驚いて男を見た。男は繰り返した。

「江戸へ出てきた理由だ」

「……よく覚えていません」

「連れの人は？」

「いないと思います」

「おとっつぁん、おっかさんは？」

「一緒じゃありません」

「旅の者か」

「わかりません」

「どこかで頭を打ったようだな。しかし、奇妙な格好だな」

「えっ……」

「変わったものを着ている。髷も結ってないし、総髪にしては短すぎる。学者か医師か神官か……それにしては若すぎる」

　男の鋭い目が遼平を覗き込む。

ソウハツって何？　シンカンて何？

「あるいは逃散か、脱藩、凶状持ち……しかし違うな。丸腰だし顔は青っ白い。手の指も細くて女のようだ。足の裏も、搗き立ての餅みたいに柔らかい。話す言葉も妙な訛りがある。あんた、何者だ」

チョウサンとかキョウジョウモチとか、ぜんぜんわからない。

何と答えればいいのか。奨励会三段？　中学生？

「まあ、いい。わしはこう見えても、人を見る目はあるつもりだ。あんたは悪人じゃない。ひとつだけ答えなさい。番屋へ行くか、それともここで働くか。幸い、若い働き手が欲しいと思っていたところだ。ここにいれば三度の飯くらいは食わせてやる」

バンヤって何？

しかし何となく嫌な雰囲気がある。警察のことか？

「働くというと、何をするんですか」

「煮売茶屋だ」

またわからない言葉。ニウリジャヤって何だろう。

しかし、ひとまずは「うん」というしかない。

「わかりました。働かせてください。お願いします」

女が二人、部屋に入ってきた。

「さあ、朝ご飯ができたよ」

女が威勢のいい口調で言う。

「起き上がれる？」

少女が聞く。

「はい、大丈夫です」

逐平は布団に腕をついて起き上がった。

立ち上がってみた。一瞬だけふらっとしたが、真っすぐに立てた。一歩、二歩と踏み出したが、どうにか歩けそうだ。どこも痛いところはなかった。

男と女は……こんな言い方をしたら失礼だ。さっき名前を聞いたから……重兵衛と奥さんのまつは先に部屋から出ていき、きよが逐平に付き添ってくれた。

隣の部屋に入ると、四角いお膳が並べられていた。

「ここへ座って」

きよが一番右側の席を示して言った。きよは隣へ座る。お膳の上にはご飯と味噌汁と青菜があった。ご飯は白米が山盛りだった。

重兵衛は床の間を背にして座り、その左側にまつ。きよと逐平はその向かい側。お膳がひとつ余っている。

そう思ったとき、障子の向こうから誰かが走り込んできた。

十歳くらいの少年だった。少年は奥さんの隣に座った。

遼平がびっくりしていると、

「おいら、新太郎っていうんだ」

笑顔で言う。

頭を剃ってあるが、三ヶ所に髪が残っていた。どうやらきよの弟のようだ。

「遼平です」

笑顔で答えた。

「いただきます」

重兵衛が言い、まつときよと新太郎の声が続いた。

遼平は少し遅れて「いただきます」と言って頭を下げた。

3

夢というのは、自分の頭のなかで作られるもの。どんなに奇妙な夢でも、まったく知らないものは出てこない。そのはずなんだが……。

朝ご飯のあとは、布団を自分で畳んで部屋の隅に置き、正座して待った。四半時（しはんとき）したらまた来るからと、きよは言った。一時（いっとき）が約二時間であることは社会の授業で習った。四半時というのは四半世紀という言い方とたぶん同じ。つまり二時間の四分の一。三十分くらいだろうと推測した。

遼平は改めて自分を見てみた。服装が違っていた。

自分の部屋のベッドにいたときは、長袖のポロシャツとジーンズ。しかし今は、その上に厚手の着物を着ている。綿が入っているようで分厚い。足は素足。

部屋を見回した。目の前に丸い火鉢が置かれていた。障子があるところ以外は板壁。障子の手前には土間。土間には棚がいくつもあり、お皿やとっくりみたいなものがたくさん並べられている。大きな樽もあった。

遼平のいるところは板敷き。三畳くらいしかない。藁で作ったと思える敷物──たぶん筵《むしろ》というのだろう──が板の上に敷いてある。どこからか冷たい風が吹き込んできた。遼平は火鉢に手をかざした。

──祖父ちゃん、どういうことなんだよ。

遼平は声に出した。

──面白くもなんともない夢だ。早く目覚めさせてくれよ。

斎藤戦の対策を練りたい。

こんな夢のなかにいる暇はない。

ほっぺたをつねってみた。

痛いという感触はあったが、目の前の光景に変化はなかった。そのとき障子が開いてきよが姿を現した。

「おとっつぁんから事情を聞いたよ。ここで働くんだってね」

「はい、よろしくお願いします」

丁寧な言葉で言い、筵に手をついて頭を下げた。

「こちらこそ、よろしくね」

「さっきはごちそうさまでした。とっても美味しい朝ご飯でした」

本当に美味しく感じた。

ご飯はアツアツで山盛り。きよも新太郎も山盛りご飯だった。すごい量だなと思って見ていると、ふたりとも完食。遼平も完食した。

「そう、よかった」きよは笑う。「さあ、まずはこれに着替えて」

着物が目の前に置かれた。帯もある。

遼平が顔を上げると、

「そんな格好じゃ、お店で働けない。全部脱いで、着替えるのよ」

遼平は綿入れを脱いだ。急に寒さを感じた。

きよはこっちを見ている。遼平はちょっと迷ったが、思い切ってポロシャツを脱ぎ、ベルトを外してジーンズも脱いだ。ブリーフは……。

遼平が手を止めると、

「それも脱いで」

きよは言った。

それでも遼平が躊躇していると、

「褌はここにあるから」

きよは着物の上の白い布を、遼平に差し出した。

「知らないんです」

「何を？」

「褌のしめかた」

「ええっ……」

「僕の生まれ育った東京じゃ、褌なんかしている人は、誰もいなかったから」

「とうきょうのことは、おとっつぁんから聞いたわ。ボクって、何？」

「自分のこと」

「それもとうきょうで使っていた言葉？」

「そうです」

「江戸じゃ、そんな言葉は誰も使わない。『わたし』って言ったほうがいいわ」

「わたし……わかりました」

ブルブルっと来た。

「誤解しないでね。江戸にはいろいろな国の人が来るから、たくさんのお国訛りが聞こえてくる。それでいいの。恥ずかしいことでも何でもない。でもさすがに自分のことを『ぼく』というのは、聞いたことない」

「了解」

「……それも、聞いたことないかな。でも、まあいいか。それで何？　褌をしめたことないの？」

「ええ」

「じゃ、しめかたを教えてあげる。その変なものは脱いで、後ろを向いて」

遼平は迷ったが、言われたとおりにした。

どうせ夢のなかなんだから、恥ずかしがることはない。

「じゃ、まずこうして、褌を肩から垂らして……いい、落ちないように持ってて。そしたらこれを後ろへ回して……ここで前にぐるっと回して、また後ろに持ってきて、ここで引っかける。肩の褌を降ろして、そう、できあがり。自分でやってみて」

きよはすぐ後ろにいる。

後ろからでも、見えちゃうと思うけど……まあ、いいや。

遼平は言われたとおりにやってみた。

「少し斜めになってる。やり直し」

少しくらい斜めっていてもいいだろう……。

でも、仕方ない。遼平はもう一度やってみた。

「うん、それでいい。じゃ、今度はこれを着て」

黒っぽい色の着物だった。二枚ある。これなら簡単に着られそうだ。しかし帯を巻く段階になって困った。帯はけっこう幅が広い。巻き方も結び方もわからなかった。

「呆れた。帯も結んだことないの？」

「まあ、僕……私はいつもこれだから」

遼平は畳の上にあるベルトを指さして言った。

「初めて見た。かっこ悪い」

「そうかな」

「それにこれ、変な股引。色はいいけど、こんな生地は見たことない」

ジーンズを指でつまんできよは言う。

「東京で流行っているんだけどな」

「これは何？」

「ポロシャツ。それも東京で流行っている」

「ひとまず忘れて。そんな田舎のこと」

「うん……」

「両腕を上げて。帯はね、こんなふうに巻いて……こんなふうに結ぶの」

きよは手早く帯を巻いて結んでくれた。

自分でやってみたが、結び方はどうもうまくいかない。後ろで結ぶので、目で確認できない。

仕方なく前に回して結んでから後ろに回した。

「最後は髪型ね」ときよは言った。「うーん、少し待ってて」

きよは土間で下駄をはくと表へ出ていった。

やっと寒気が収まった。

戻ってきたきよの手には急須があった。きよは遼平の斜め後ろに座ると、

「冷たいけど我慢してね」

と言って急須を頭のてっぺんに持っていった。

「うへっ、つめてぇ」

「我慢して」

水が額と耳に垂れてくる。遼平の髪に、きよは櫛を入れた。前に垂れていた髪を全部後ろへ持っていく。

「うーん、どうにか総髪に見えるかな」

三ヶ月くらい髪を切っていなかったから、かなり伸びていたようだ。

遼平は右手を後頭部へ持っていった。紐か何かで結んであり、子猫のしっぽみたいなものが

その先にちょこんと出ているのがわかった。

「これでいいわ。最後はお話ししましょう」

きよは筵に座って、火鉢に手をかざした。

遼平も向かい側に座って、火鉢に手をかざした。両手はすぐに温かくなった。

きよを見た。きよも遼平を見た。

「昔のことを覚えていないっていうから、こんな生い立ちを考えたの。あなたは医者になれとおとっつぁんに言われて、地元の医者の家に奉公に出た。でも煮売茶屋で働きたくて江戸へ出てきた。実家は杉戸宿というところにあり、わたしの従兄。どう？」

「医者の家に奉公？」

「総髪は医者に多い髪型なの」

「ソウハツというのは？」

「あなたの今の髪型」

「杉戸宿というのは、千住のずっと先？」

「よく知ってるね」

「まあね、『奥の細道』で芭蕉が通ったところだから」

「奥の細道？」

「松尾芭蕉の作品……江戸じゃ、有名だと思うけど」

たぶん、有名だったはずだ。

もしかして、芭蕉はまだ生まれてない？

「松尾芭蕉を知っているんだ」

「しずかさや岩にしみいる蝉の声」

「えっ……」

「夏草やつわものどもが夢のあと」

「ええっ……」

「たまたま知っていただけさ」

「すごいっ……遼平さんて、田舎者みたいだけど、物知りなんですね」

田舎者は余計だ。

でも少しは見直してくれたようだ。

「これから遼平さんがする仕事のことを教えます。一緒に井戸端まで行きましょう。裏長屋の人に、遼平さんのこと、知ってもらいます。遼平さんがここに住むことは、わたしが大家さんに報告しておきますから」

このときの遼平は知らなかったが、江戸の町には他国から来た人々がたくさんいた。彼らは余所者と呼ばれ、その多くは共同住宅である「裏長屋」に住んでいた。

田舎と違って、江戸には多種多様な仕事があった。現代の都市に様々なアルバイトがあるのと同じである。余所者は家賃の安い裏長屋に住みながら、それらの仕事にありつき、三度の飯を確保し雨風をしのぐことができた。

田舎で食うや食わずの生活を続けるより、はるかに快適な生活が当時の江戸では可能だったのだ。だから江戸には、地方で食い詰めた人々が大勢集まった。独り者だけでなく家族そろって流れ込んでくるものもいた。幕末の江戸の人口は百万人を超え、世界最大の都市になっていた。

余所者のなかには善人もいれば悪人もいる。怠け者もいれば働き者もいる。それらをきちんと見分けて、いい働き手を確保するのも店の主人の重要な役目だった。

4

お店の前に出て驚いた。

通りは人であふれかえっていた。

かなり道幅の広い通り。二十メートルはありそうだ。そこにたくさんの人。男もいるし女もいる。武士もいる。お坊さんのような人もいる。屋台もあった。

通りの反対側は白壁の塀。その上にお屋敷の黒い瓦屋根が見えた。こっち側だけお店が軒を連ねていた。着物が吊ってあったり、下駄や草履が並べてあったり、人々がお茶を飲んでいるお店があったり……まるで映画のセットを見ているようだった。

「すごいな……」

遼平は思わず声を上げた。

「でしょう？」

「これが江戸なんだ……」

遼平は口を開けたまま目の前に広がる光景を見つめていた。

すごい人の数だ。銀座のホコ天に似ている。目の前の道には人の往来を妨げるものはない。威勢のいい掛け声があちこちで聞こえる。

風は冷たかったが、空はきれいに晴れあがっていた。

「ここがわたしのお店」

遼平は振り返った。

縁台には三人の男が座っていて、お皿にあるものを箸でつまんでいる。お店にはカウンターのようなものがあり、そこにたくさんのお皿が並べてあった。お皿には大根やイカや小魚が乗っている。いい匂いがしてくる。

縄暖簾が店先にかかっていて、立て看板には大榎と書いてある。

「いらっしゃい」

重兵衛の声が聞こえた。

「はい、いらっしゃい。今日は採れたての浅蜊があるよ」

奥さんの声だ。

道具箱のようなものを担いだ中年の男が来て、お皿を三つとご飯を注文した。

「おお、浅蜊があるんかい。じゃ、それももらおうか。この店の浅蜊は、この辺じゃ一番うまいからな」

「そういうことは、もっと大きな声で言っていいんだよ」

縁台に座っているお客さんから、

「おかみさん、おれにも浅蜊をくれ」

という声が上がる。

奥さんのことは「おかみさん」と言えばいいんだなと遼平は思った。この言葉なら時代劇で聞いたことがある。

男は紺色のジーンズのようなものを穿いている。そうか、これがモモヒキと呼ばれるものなんだな。注文された浅蜊を、おかみさんは笑顔で縁台に持っていく。

男は夢中で食べ始め、あっという間に食べ終わった。

「毎度ありー、二十文になります」

男は巾着から硬貨を取り出しておかみさんに渡すと、

「また来らぁ」

と言ってあっという間に去って行った。

次から次へとお客さんが入ってきて、カウンターにあるお皿を見て注文し、縁台で食べ始める。何人かが店の前で待っている。席が空くと、すかさず誰かが座る。若い男が圧倒的に多かった。たまに年配の男とごくたまに女性。

「三皿で十二文。はい、まいどありー」

どうやら一皿四文のようだ。

「これが煮売茶屋なんだね」

やっと漢字を当てられた。

「そう。野菜や魚や貝類を煮たものを売っているの。安くてすぐに食べられる。江戸ではね、こういうお店で食事をする人が多いの」

ファーストフードみたいなものだな、と遼平は思った。

感心した。こんな便利なものが江戸にはあったんだ。

お皿の上の料理は、たくさんの量ではない。お客さんは手軽にいくつも注文する。

「繁盛しているね」

お客さんは後から後から来る。

「朝だから、お客さんは少ないほう。夕方になるとわたしと新太郎の出番。お客さんはもっと増えるし、お酒を飲む人も来るから」

「お酒も出すんだ」

「遼平さん、お酒は?」

「飲んだことないよ」

「だったら、ずっと飲まないほうがいいと思う。酔ったお客さんはイヤ」

遼平は、だよねと言ってうなずいた。

「行きましょう」

きよは木戸を開けてお店の裏に入っていった。

遼平はついていった。狭い路地だった。建物の裏手に大きな籠がふたつあり、そこに野菜がたくさん入っていた。

「これを洗うのが遼平さんの仕事」

泥のついた大根やニンジンやゴボウが山ほどある。朝早く、近くの百姓家から重兵衛とおかみさんが買ってくるのだと言う。

「井戸端へ行こう。長屋の人に顔見せするから。背負い籠、ひとつお願い」

そうか、背負い籠って言うんだ。

きよは背負い籠をひょいと担いだ。なんだ、意外と軽いんだなと思って遼平も担ごうとした。

うわっ、すげえ重い。

よろよろしながらきよの後についていった。

着いたところは、井戸のある比較的広い場所だった。

五、六人の女の人がいて、洗濯をしていた。
「おはようございます」

きよは元気よく声をかけた。

「おはよう」

という声があちこちから聞こえる。全員の視線が遼平に集中する。

「わたしの従兄の遼平です。杉戸宿で医者に奉公していたのですが、江戸で煮売茶屋の修業を積んで、杉戸宿で開店したいんですって。当面は野菜洗いが仕事です。何分田舎者なので、わからないことが多いと思います。いろいろ教えてあげてください」

きよが頭を下げたので、遼平も慌てて頭を下げて、

「よろしくお願いします」

と言う。

「こちらこそ、よろしく……背が高いんだね」

女の一人が言う。

「ええ、はい……」

学校じゃ普通だが、確かに重兵衛は小柄だった。きよも小柄。

「男前だね」

別の女の人が言う。

遼平は答えに迷って、目をしばたたいた。

「幾つなんだぃ」

「十五歳です」

「十五にしちゃ、身体が大きいね……でも、確かに顔はまだ子供だ」

そう言って笑う。

「杉戸宿というと、草加宿、越ケ谷宿のもっと先だね」

「そうです」

「医者に奉公していたのかい」

「はい」

「医者は儲かると思うけどね」

「賑やかなところで暮らしたかったんです」

「賑やかなところねぇ」

遼平は、そうですと言ってうなずいた。

「おきよさんは働き者だし、日陰町一番の器量よしだ。煮売茶屋の修業をするには、もってこいのお店だよ」

「あら、日陰町一番だなんて……」

きよは顔を赤らめる。

そうか、きよの前に『お』をつけて『おきよさん』と呼べばいいのか。

「では遼平さん、始めますよ」

遼平はきよの指示に従って、井戸から汲んだ水を盥に満たし、背負い籠から野菜を取り出して、藁を束ねたもので次々に洗っていった。

「今日はよかったね、暖かい日で」

「この天気は、とうぶん続くんじゃないかね」

「風が吹かなければいいね」

「風が吹かなきゃ、桶屋は上がったりだよ」

そんな会話が交わされる。

会話をしていても手は動いている。

遼平は膝を折り、草を刈るような格好で野菜を洗い続けた。

きよは隣で、他の女たちに交じって洗濯物を洗っている。

ときどき遼平のほうを見て、洗い方を直してくれた。洗い終えた野菜は、水を切ってから小さな籠に入れて、お店まで持っていった。

表の通りからは、賑やかな声が聞こえてくる。さっきより声が増えている。子供たちの声も聞こえる。

遼平の指に、ふと将棋の駒の感触が蘇った。

5

逵平は黙々と野菜を洗った。洗った野菜を、きよに言われたとおりに小さな籠に入れてお店に持っていき、また背負い籠から泥のついた野菜を取り出して洗う。

きよはしばらく隣で洗濯をしていたが、終わると長屋へ戻っていった。女たちも次々に姿を消す。逵平は一人で野菜を洗い続けた。

腰が痛くなったが、我慢して洗い続けた。草履の足が冷たい。井戸から汲む水もかなり冷たい。指先の感覚がなくなっていた。

試しに将棋の駒を持つ手つきをしてみた。中指と人差し指で駒を持つ……指はかじかんで伸びなかった。

朝食後出かけて行った新太郎は、昼食時に戻ってきた。聞いてみると、近くの手習いに行ってきたのだと言う。

寺子屋のことだな、と逵平はピンときた。

昼食には、白米と味噌汁の他に大根の煮物と焼き魚がついた。

朝食時と同じように、部屋に四角いお膳が用意されていた。ご飯も大盛だった。お腹が空いていたせいもあり、逵平はぺろりと平らげた。

「逵平さん、読み書きはできるの？」

食べながら新太郎が聞いてきた。

「できるけどね、読めない字もある」

通りのあちこちにある看板の文字は、崩してあるので読めない字もあった。

「おいらの名前は書ける？」

「もちろん」

遼平は板の間に指で、『新太郎』と書いてみた。

「すごいや」

「私の名前はこう書くんだ」

遼平は指で『遼平』と書いた。

「おとっつぁんから聞いたよ。りょう、が難しい。まだ習っていない」

新太郎は指で何回か床に書いた。

「うん、それでいいよ」

遼平が言うと新太郎は、人懐こい笑顔を見せた。

しかしそれにしても面白い髪型だと思った。つるつるに剃ってあるのに、三ヶ所だけ髪が残っている。表通りには、これと似た髪型の子供がたくさんいた。

重兵衛とおかみさんときよは、遼平と新太郎の会話を笑顔で聞いている。

「算術は？」

味噌汁をお膳に置くと、新太郎はまた聞いてきた。

「あまり得意じゃないかな」

「算盤は？」

「使ったことない」

「算盤が使えないと商売はできないよ。手習いに行ったほうがいいんじゃないの」

「うん、そうなのか……」

電卓なんて言っても、この時代には通じないし。

遼平がため息をつくと、みんなが笑った。

食事のあとは、五人で銭湯に行った。湯屋《ゆうや》というらしい。

しかし湯屋に行って驚いた。混浴だった。社会の時間に習ったような気がしたが、実際に見たのは、当たり前のことだが初めてだった。

もうもうと湯けむりが立ち込めていて、男も女も一緒の湯舟。前を隠す人もいない。湯舟のなかはイモ洗い状態。

きよは、江戸ではみんな湯屋に毎日行くと言う。確かに通りは埃っぽい。午前中は井戸端で野菜洗いをしていただけだが、身体がざらざらしているのがわかった。きよは湯屋の礼儀として、ひとつだけ教えてくれた。

湯舟に入るときは、

「ごめんなさい」あるいは「田舎者でござい」。この言葉を忘れないようにと。

遼平は「田舎者でござい」と言うことにした。

あとは見よう見真似。

湯屋から帰ると、みんなでまたお店の準備を始めた。遼平はお客さんが食べたり飲んだりしたものの片付けとお皿洗いの役目。きよがやりかたを教えてくれた。

ときどき顔を上げて目の前の通りを見た。侍が十人くらい集団で歩いてきた。その周りだけ少し、人のいない空間ができる。

長い棒の両端に荷物を括り付けた男たちが、長屋の木戸を開けてなかへ入っていく。あさりー、しじみーとか、なっとう、なっとうという声が聞こえてくる。屋台もたくさん出てきた。いろいろな屋台がある。麺を啜るような音も聞こえてきた。

大榎にもお客さんが増えてきた。きよと新太郎も手伝っている。重兵衛とおかみさんの歯切れのいい声が、何回も重なって聞こえてきた。

「おきよちゃん、お酒と烏賊」

羽織を着た金持ちそうな若い男が言う。

縁台で羽織を着ているのは、その人だけ。髷も整っている。

「あいよ」

きよは可愛い声で返事をする。

「おきよちゃん、こっちにも酒だ。浅蜊とおからもくれ」

「あいよ、毎度ありー」

きよは笑顔を振りまいて、てきぱきとお酒とお皿を運んでいく。

きよが動くと男たちの視線が動く。どうやら、きよがお目当てのお客が多いようだ。

「おきよちゃん、ちょいとこれ、見てくれる?」

きよがお酒を縁台に置くと、若い男は懐から手ぬぐいを取り出して、きよの目の前でそっと開く。

「まあ、綺麗」

「琉球から取り寄せたの。つけてみて」

真っ赤な球がちらっと見えた。

「だめです、そんなの」

「私がつけてあげようか」

「いいえ、だめです……」

若い男は手ぬぐいを折りたたむと、きよの着物のたもとに入れようとする。

「こんな高価なもの、いただけません」

「いいから、いいから」

若い男はきよの袖を離さない。きよは、

「だめです」

と言って若い男の手をつかむ。

「せっかく持ってきたんだから、恥をかかせないで」

「本当にだめです」

手ぬぐいが若い男ときよの間を行ったり来たりした。

遼平は若い男の隣のお客が帰ったので、お皿の片付けに行った。

「おや、見慣れない若い衆だね」

「遼平といいます。よろしくお願いします」

そう言って頭を下げた。

「私は立岡仙太郎です……」

若い男は強い視線を向けてきた。

「仙太郎さん、遼平はわたしの従兄なの。今日が初仕事。よろしくね」きよはそう言って今度は遼平に向き直る。「この人は、お店のお得意様。日本橋にある呉服屋の若旦那。名前はこういう字だから覚えてね」

きよは掌に指で字を書いて教えてくれた。

遼平という字も、仙太郎に教える。

「従兄……よかった。おきよさんのいい人じゃないんだね」

「そういう人はいません」

きよはさっさとその場を離れた。仙太郎は手ぬぐいを懐に戻すと、ふうっとため息をついて酒を飲み烏賊を箸でつまんだ。

逐平はお皿を店内の桶のなかに入れた。もう少し溜まったら、井戸端で洗ってこなくてはならない。

「新ちゃん、お代はいくら?」

縁台に座っている若い女の人が言う。

「まいどありー。お皿三枚とご飯で、十六文になります」

「ありがとね」

「また、どうぞ」

新太郎は笑顔で丁寧に頭を下げる。

さすがは商人の息子だな、と逐平は思った。そうしている間にも、縁台の人々はめまぐるしく入れ替わり、お皿は飛ぶようになくなった。

仙太郎はお酒を飲み、お皿を次々に注文し閉店までいた。ときどききよを恨めしそうな目で見るが、何も言わない。

お客がいなくなったのは、暗くなってしばらく経ってからだった。逐平は縁台と洗い場を三十回ほど往復した。足が前に出ないほど疲れきった。

おかみさんが縄暖簾を外し、重兵衛が戸を閉めた。店にあった行燈が消えると、きよは手に小さな火を持って、逵平を昼ご飯を食べた部屋に案内してくれた。

重兵衛が土間にある甕を開けて水を飲んだ。おかみさんときよと新太郎が続く。逵平も喉を鳴らして飲んだ。

部屋は薄暗かった。隅に行燈があるだけ。少しして、おかみさんとときよがお膳を運んできた。やっと夕飯だ、と思ったが大盛の白米と香の物しかなかった。全員同じ。

「みんな、ご苦労様」

重兵衛が言い、おかみさんときよと新太郎も、ご苦労様でしたと続けた。

逵平も少し遅れたが、ご苦労様でしたと言う。

「逵平さん」とおかみさんが言う。「慣れない仕事なのに、よくやってくれたね。どうだい、商売っていうのは」

「賑やかで、とっても楽しかったです」

逵平は笑顔で答えた。

「黙々と、よく働いてくれたな」

重兵衛も言う。

黙々と仕事をしていたのは、将棋のことを考えていたからだ。

「どうだ、続けられそうか」

「はい、大丈夫です」

夢のなかなんだから、覚めればそれで終わりだ。

「明日は明け六つから仕事だ」

「わかりました」

明け六つが何時なのかわからなかったが、早朝であることは何となくわかった。

「それじゃ、食べよう。いただきます」

全員がいただきますと言って、重兵衛は白米にお茶をかけた。二つの急須が順番に回された。

遼平もお茶をかけた。香の物は茄子の漬物だった。

「遼平さん、ありがとう」と隣できよが言う。「おかげで助かったわ」

「仙太郎さんのこと？」

「うん。ちょうどいいときに、来てくれたでしょう」

隣のお客さんが席を立ったから、たまたまそこへ行っただけ。

「あの人はね、悪い人じゃないんだけど、毎日遊び歩いているだけ。賭け事もするし、吉原にもよく行くみたいだし」

吉原というのは社会の時間に習った。

遊郭があるところ。

「日本橋にある呉服屋さんの若旦那さんだよね」

「うん、そう」

「日本橋というと、ここからかなり遠いんじゃないかな」

確か、東京メトロ銀座線で五分程度。

ということは歩くと三十分から四十分はかかる。

「江戸の地理、知ってるの」

「いや、まあ、たまたまだけど」

「確かに煮売茶屋は、途中にたくさんあるから、ここまで来てくれるのはとってもうれしいんだけど……」

「手ぬぐいに包んであったものは何だったの？」

「珊瑚の玉簪」

簪というのは、聞いたことがある。髪飾り。

逡平はきよの髪を見た。丸くて平たい飾りのある簪が挿してある。

「ああいう簪はね、わたしが一生働いても手に入れることはできないもの。喜んでもらってしまう女もいるけど、わたしは嫌」

逡平がうなずくと、きよはお茶をかけたご飯を啜った。

「逡平さん」新太郎が向かい側から声をかけてきた。「今日、手習いのお師匠様に『逡』という字の意味を教わってきたんだ。遥か遠いという意味だって。お師匠様、驚いていたよ。そんな字を名前に使うの、初めて聞いたって。名前を付けた人は、学問があるだろうって言ってた」

「東京じゃ、珍しくないけどね」

「そのとうきょうというのは、どこにあるんだい？」

この江戸が、明治時代になると東京と呼ばれるようになるんだ。しかしこのことは言えない。

「それが、思い出せないんだ」

「どういう字を書くの？」

「とうは東、きょうは京都の京」

「京の東かぁ……上方にそんな地名、あったかな」

「かみがた？　それはどこにあるの？」

「ええっ……上方を知らない……遼平さんは頭を打ったって、おとっつぁんから聞いたけれど、よほど打ち所が悪かったみたいだね」

きよの笑い声が隣で聞こえた。重兵衛とおかみさんは、お茶漬けを啜りながら、にこにこして遼平と新太郎を見ている。

食事が終わると、みんな二階へ引き上げていった。

遼平は自分の部屋に戻る。狭い板の間に筵が敷いてあるだけで、明かりはない。手探りでどうにか布団を敷いた。隙間風が入ってきて寒かった。遼平は固い布団にもぐりこんだ。枕も固い。掛け布団も薄かった。

どうやら、一日が終わったようだ。

今が何時かわからないが、お店で働いているときに日が暮れたから、たぶん午後八時から九時の間だろうと思った。

それにしても長い一日だった。こんなに長い夢は、初めてだった。たいてい夢は、ある一場面で終わる。そして別の、まったく違う場面が現れる。同じ夢が、延々と続くなんて初めての経験だった。

初めての経験はもう一つ。

今日は一度も、将棋の駒に触らなかった。六歳で将棋を始めて九年間、将棋を指さない日はあったが、駒に触らない日はなかった。

将棋盤に駒を並べて、棋譜を片手に独りで指し進める。黙って静かに、盤上の駒と語り合う。遼平が語り掛けると、駒は返事をしてくれる。この会話を遼平は、一日何時間も飽きずに続けてきた。

江戸時代に将棋が指されていたことは知っている。庶民の間でも人気のある娯楽だということも、何かの本で読んだことがある。しかしこの状況では、将棋を指したいなんて言えない。

疲れていたが、眠れなかった。

遼平は天井を眺めた。闇だけが見える。

四戦目の局面が不意に蘇ってきた。

先手が遼平、飯田圭吾が後手。角換わり腰掛け銀の激しい変化になった。飯田の△6五角に対して、遼平は▲7六角と応じた。攻防の一手である。△2九角成と来れば、▲3二角成とする。これなら十分指せる。

しかしここで飯田圭吾は△6七歩と打ってきた（1図）。△2九角成と飛車を取る一手だと思っていた遼平は慌てた。

（第1局1図　△6七歩まで）

▲遼平　持駒　銀歩

△飯田　持駒　歩三

取るか逃げるか、悩ましい歩だ。▲同玉と取れば玉が不安定な位置になる。逃げるなら▲7九玉だが、以下△2九角成▲3二角成の展開は△6七歩が後手の攻めの拠点になる。

遼平は迷った末に、玉の安全度を重視して▲7九玉とした。

しかしこれが敗着だった。1図以下、▲7九玉△2九角成▲3二角成△8八歩▲同玉△6八歩成▲9八玉△7八と▲7九歩△同と▲8五銀△6八飛▲8八歩△8五飛▲6四桂△同金▲7三銀△5五金▲5八金△6三飛成（投了図）となったところで、遼平は投了した。

▲６二金と打てば△同竜▲同銀成で飛車は取れるが、△同玉とされると後手玉に迫る手がない。

１図から四手目の△８八歩が妙手だった。この歩打ちが遼平には見えていなかった。これに対して▲同金なら△２八飛で先手に適当な受けはない。本譜では△６八歩成で先手玉は寄り筋となっている。

（第１局投了図　△６三飛成まで）

△飯田　持駒　銀銀桂歩三

▲遼平　持駒　金

１図では△６七歩に対しては▲同玉が正しく、以下△６六歩▲７八玉に①△７六角は▲同金△６七角▲８七玉。②△２九角成は▲３二角成△２八飛▲５八金打。

いずれも先手玉は薄いものの、しっかり対応していれば後手の攻めは届かない。感想戦ではそういう結論になった。

△６七歩を悩ましいと感じた心の本体は『怯え』。これが遼平の最大の弱点だった。一度この怯えにとらわれると、全体が見えなくなってしまう。遼平の負けの大半はこれが原因。△８八歩が見えなかったのも怯えが原因。この怯えを克服できなければ昇段

はない。それは自分でもよくわかっている。

ここは江戸。

三段リーグはない。

遼平は静かに目を閉じた。

6

明け六つというのが何時なのか、きよに起こされてわかった。

遼平がいつも起きる時間より間違いなく早い。

「遼平さん、おはよう」

元気のいい声が聞こえた。

きよだった。

「うう……おはよう」

顔だけ声のほうに向けた。

まだ夢のなかにいるようだ。周りを見た。机もベッドもカバンもない。

学校のことが頭をよぎったが、一瞬だった。行く気にもならないし、行っても黒板を見ながら将棋のことを考えているだけだから。

「ほら、ほら、早く起きて」

「ああ、うん……」

身体の節々が痛い。筋肉痛であることはすぐにわかった。

きよは下駄を脱ぐと板の間に上がってきて、遼平の掛け布団をはいだ。

遼平は震え上がった。

「さみい……」

「とうきょう言葉?」

「そう。めっちゃ、さみいよ」

遼平は布団の上で身体を丸めた。

「顔を洗ってから朝ご飯を食べよう。食べ終わったら野菜洗い」

「今日は何月何日なんだろう……」

「一月二十四日」

寒いはずだ。

「何年の?」

「えっ……」

「今年は何年……暦というのはあるの」

「そりゃ、あるけど。見たい?」

「うん、見たい」

遼平は布団から身体を起こした。

やっぱり寒い。襟を掻き合わせた。きよはすぐに戻ってきた。

「はい、これが暦」

細長い手帳のようなもの……折り畳み式になっていた。

恐る恐る開いてみた。縦書きになっている。一番右側にある文字は、伊勢度會郡山田となっている。何のことかよくわからない。

そのまま文字をたどっていくと「天保二年」という文字が見えた。天保……社会で習った。天保の改革で有名。とすれば今は江戸時代の終わりのほう。

「今年は天保二年なんだね」

「うん、そう」

「西暦で言うと?」

「何それ」

「ええと、つまり……西洋の暦」

「そんなもの、知ってるわけないでしょう。もう、いいの?」

「うん、ありがとう」

遼平は暦をきよに返した。

「はい、これが手ぬぐいと房楊枝。顔は井戸端で洗うの。一緒に行こう」

それにしても寒い。着物は二枚重ねて着ているけど、素足なので足が凍える。手も冷たかった。井戸端には女の人が五、六人いた。

「おはようございます」

きよが元気のいい声で言う。

「あら、おはよう」

というかけ声が聞こえる。

「おはようございます」

遼平は震えながら挨拶した。

「あなたが遼平さん？」

三十歳くらいの女が聞いてきた。初対面の人だ。

「はい、そうです」

「噂通り、男前だね」

「あ、ありがとうございます」

誰がそんな噂をしているのだろう。

「あたしはみつ。忘れないでね」

「おみつさんですか」

「そう」

流し目で遼平を見て、井戸から水を汲んだ。

きよは遼平に、房楊枝の使い方を教えてくれた。木で作った歯ブラシだということがわかった。反対側が尖っていて楊枝みたいになっている。

口をすすぎ顔を洗うと、やっと目が覚めた。相変わらず身体の節々が痛い。腕とふくらはぎが特に痛かった。

朝ご飯は美味しかった。白米と味噌汁と小魚を焼いたものとたくあん。今日は納豆もついていた。遼平は大盛りご飯を平らげた。

朝ご飯を食べた後は、昨日と同じことが繰り返された。

背負い籠にある野菜を、井戸端で女たちに混じって洗う。もう、みんな顔なじみ。藁を使う洗い方にも慣れた。

トイレの使い方も教えてもらった。トイレは惣後架《そうこうか》と言うようだ。これがいちばん驚いた。井戸端の近くに五か所並んでいて、扉は下半分だけ。誰が入っているかすぐにわかってしまう。

そして汲み取り式。長方形の穴の下は糞尿でいっぱい。すごい臭いで、息をつくとむせかえりそうだ。昨日の夜、一度経験してから入る気がしない。

お昼には新太郎が手習いから帰ってきて、全員でお昼ご飯。焼き魚と、きんぴらごぼうと、たくあんがついた。ご飯は山盛り。

昨日と同じように、遼平の役割はお客さんのお皿の片付けと皿洗い。今日はお店の周りの掃除もやった。

大榎の右隣は下駄屋さん。大人から子供の下駄まで、たくさんの種類の下駄と草履が店先に並べられている。年配の夫婦が仕切っていた。きよが遼平を紹介してくれた。

左隣のお店は古着屋さん。大榎より間口が広い。いろいろの種類の着物が天井から吊り下げられている。中年の夫婦と十二、三歳の男の子がいた。

きよによると、江戸の庶民はほとんど古着しか買わない。新品の反物を買って仕立てるのはごく一部のお金持ちだけ。下りものの反物を使って着物を作る人もいるようだ。

下りものとは上方でつくられたものという意味。ものすごい高価。上方が京都や大阪を中心とする地域だということもこのとき、きよが教えてくれた。

全員で湯屋に行き、戻ってくると縄暖簾をかけ、またお店が始まった。

朝より忙しい。重兵衛とおかみさんは店のなかで料理作り。きよはお皿を運び、お客さん相手に愛嬌を振りまく。代金は新太郎ときよがもらう。お客さんの多くが、四文銭という硬貨を使っているのを知った。三皿なら四文銭三枚。四皿なら四枚。

夕方になると仙太郎が来た。縁台が空くのを待って、お皿二つとお酒を注文した。ときどききよのほうを見て笑顔になる。

「はい、お待ちー」

きよが華やいだ声でお酒を持っていく。

「最近は、さらに艶っぽくなったね、おきよちゃん」

仙太郎が言う。

「その手には乗りませんよ」

「本当だよ、おきよちゃん。頬のあたりがほんのり赤くふっくらしてきて、まるで桃の実みたいじゃないか」

「いろんな女に、同じ言葉をかけているんじゃないですか」

「そんなことないよ。おきよちゃんの頬に比べたら、他の女の頬なんてうんだら柿みたいなもんさ」

「あら、うんだら柿で悪うござんしたね」

後ろにいる中年の女性が言う。

仙太郎は振り向き、

「いやぁ、私は別にあなたのことを……」

周囲がどっと沸く。

「おきよちゃん、酒だ」

「こっちは酒と飯だ」

あちこちから声が上がる。きよは縁台と縁台の間の狭い空間を飛び回る。遼平も縁台の上のお皿を片付け、ときどき井戸端へ行って皿を洗った。重兵衛とおかみさんは、遼平が洗ったお皿に次々に料理を乗せて目の前の台に載せていく。

「しかし、おきよさんもえれぇなぁ」紺の股引をはいた中年の男が言う。「つまらねぇ男に甘い言葉をかけられたって、そよともしねぇ。てぇしたもんだ」

遼平は気がついた。この男は確か昨日の朝、お店にいた人だ。

隣の縁台にいる仙太郎の顔が、男に向けられる。

「その、つまらねぇ男ってのは、もしかして私のことですか」

男は酒をぐっとあおってから仙太郎を見る。

「とんでもねぇですよ、若旦那。あっしはよくこの店に来ているもんで、おきよさんの態度に日頃から感心しているんでさぁ」

「私は毎日来ている」

「ほう、そりゃよかった。あっしは大工で、甚五郎って言うんだ」

「私は立岡仙太郎だ。日本橋で呉服屋を営んでいる」

「あんたのことは知ってらぁ。着ているものを見りゃ、すぐにわかる」

男は酒をあおり、皿の小魚をつまんだ。

仙太郎も酒を飲み、きんぴらごぼうをつまんだ。

「ところで、もう一度聞く。つまらねぇ男というのは、私のことですか」

周囲が静まり返る。

「とんでもねぇですよ、若旦那」

「私はおきよちゃんに真実を言ったまでだが、おまえさんはそれを甘い言葉だと解釈した。間違いは直したほうがいい」

「間違っちゃいませんや」

「何だと」

「下心のある言葉を、江戸じゃ甘い言葉って言うんでさぁ」

「大工風情に、そんなことを講釈される筋合いはない」

「大工風情で悪うござんしたね。こう見えてもあっしは生粋の江戸っ子だい。宵越しの銭は持たねぇ。あんたみたいに、せこせこ銭を貯めたりしねぇんだ」

「それは貧乏人の僻みだな」

「何だと、この野郎」

仙太郎と甚五郎は同時に立ち上がった。

きよがすかさず割って入る。

「はい、そこまで。喧嘩したら、うちには出入り禁止。それでもやる？」

二人はにらみあったまま。

「さっさと座って」きよは強い口調で続けた。「甚五郎さん、遠回しにお客さんの悪口を言うのはやめてください。それと仙太郎さん、大工風情という言葉はここでは使わないでください。大工さんは他にもいますから」

それでもふたりはしばらくにらみ合っていたが、

「わかった。謝る。おきよさんの言うとおりだ」

仙太郎が先に座った。

「あっしも言いすぎた」

甚五郎も座る。

きよは笑顔になった。

「将棋でも指して、仲直りして」

将棋……その言葉を聞いて遼平は、文字通り飛び上がった。

「将棋か、それはいいな。甚五郎さん、指せますか」

と仙太郎。

「指せますか？　こう見えてもあっしはな、この界隈じゃ負ける相手がいねぇ。そうだろう、おきよさん」

きよはうなずく。

「そりゃ面白い。私も日本橋じゃ負けたことがない」

二人の目がまた燃えてきた。

きよは店内に入っていき、棚の奥から木の将棋盤と駒袋を取り出して戻ってきた。

7

（第2局1図　▲3五歩まで）

仕事優先。そう思っていたが、縁台のお皿を片付けるたびに目がいってしまう。

最初に見たときはこんな局面だった（1図）。先手は甚五郎。後手は仙太郎。先手の甚五郎が▲3五歩と突いたところ。仙太郎の手番である。

先手居飛車急戦、後手四間飛車の戦いである。後手の囲いは、△6四歩から△6三銀と上がれば、後に木村美濃と呼ばれるものになるが、江戸時代にすでに指されていたことは遼平も知っていた。

現代の居飛車対四間飛車の将棋とほとんど変わらない。あえて言えば△5四歩と突くのが少し早いくらい。

▲3五歩の仕掛けは自然に見えるが、相手が△

4三銀型のときに有効な筋。☖3二銀型では☖4五歩の反撃があって、玉の堅い後手にうまく捌かれてしまう。

　最初のうちはお互い、この野郎みたいな顔で指していたが、いつの間にか夢中で盤面をにらんでいる。最善手は☖4五歩。さあ、仙太郎はどう指すか。


（第2局2図　☖1三角まで）

☖仙太郎　持駒　銀歩三

☗甚五郎　持駒　角銀桂歩三

　仙太郎は左手でたもとを押さえると、右手を伸ばして☖4五歩と突いた。

　いいぞ、仙太郎はけっこう指せる。

　遼平は縁台を飛び回ってお皿を片付け、縁台を拭き、たまったお皿を井戸端に持って行って洗ってきた。

　次に見たときはこんな局面だった（2図）。お互いに飛車が捌けて、敵陣に成りこんでいる。後手の仙太郎が☖1三角と打ったところ。竜と金の両取りになっている分、後手の仙太郎が有利。

　1図からここまでの手順を、遼平は思い描いた。

☖4五歩☗3三角成☖同銀☗3四歩☖4六歩☗3三歩成☖同桂☗4六歩☖同飛☗2四歩☖4九飛成

☗2三歩成☖4五桂☗3二と☖同金☗2一飛成☖3一歩☗3三歩☖同金☗3一竜☖5七桂成☗同金☖1三角。

こんな手順だったはず。先手甚五郎は☗3三竜と金を取れるが、攻撃力が下がるから☗1一竜と香を取り、☖5七角成に一度☗5九香と受けておけば粘れる。甚五郎はどう対応するか。

甚五郎の身体は前のめりになっている。

「どうだい甚五郎さん、痛いだろう」

仙太郎が言う。

「とんでもねぇ、ハエがぶつかってきたって、もう少し痛えや」

甚五郎は言い返す。

甚五郎は盤面をにらみ、☗1一竜とした。

なるほど、甚五郎もけっこう指せる。以下、遼平の見ている前で☖5七角成☗6八銀打☖5八銀☗同金☖同馬☗5九香☖同馬☗同銀☖同竜☗7四桂（3図）と進んだ。

（第2局3図　☗7四桂まで）

☗甚五郎　持駒　角角銀歩三

☖仙太郎　持駒　金金銀香歩三

お互いに悪手が続いたので、見ている遼平はハラハラした。総合的に見て、二人ともアマ初段程度。

最後の☗7四桂は痛烈な一手（3図）。

☖同歩と取れば☗3七角の王手飛車。文字通り目から火が出る一手だ。☗5九角と竜を取られると、先手玉に対する有効な攻めがなくなる。

しかし……と遼平は考えた。冷静に読んでいくと、☖9二玉とすれば後手玉には詰めろがかかりにくくなるので、依然として後手が有利。

仙太郎は口に手を当てて考え込んでいる。

「どうだい仙太郎さん。痛えってのは、こういう手を言うんじゃないのかい」

仙太郎の手番だが、手駒（持駒）をちらっと見て自玉をにらんでいる。☗7四桂に対して☖同歩でも☖9二玉でも即詰みはない。それを確認しているのだろうか。玉を逃げた後の展開を必死に考えているのだろうか。それとも☗7四桂の痛打を食らって、混乱しているのだろうか。

「その桂馬、ちょっと待った」

仙太郎は顔を上げて言った。

『待った』とはこの場合、☗7四桂の前の☖同竜を取り消して、別の手を指したいという意思表示。待ったをした時点で普通は反則負けだが、縁台将棋ではお互いに『待った』を認める場合もある。

「待ったなし」

甚五郎は、相撲の行司のような口調で言う。

「いいだろう、一回くらい」

「やなこった」

「汚いぞ」

「北がなけりゃ、日本は三角」

「頼むよ、おきよさんの顔に免じて」

「おきよさんは関係ねぇよ。ここまでにしておこうか」

「いや、まだだ」

仙太郎は酒をぐいとあおってから、再び盤面をにらんだ。

左手でたもとを押さえるが、右手がなかなか伸びてこない。遼平が縁台のお皿を片付けて戻ってきても、指し手は進んでいなかった。

「もう、日が暮れてしまったな。差し掛けにしよう、甚五郎さん」

仙太郎が顔を上げて言う。

「あっしは別に、遅くなってもかまわねぇよ」

「じゃ、まあ今日は、生粋の江戸っ子に花を持たせてやるか」

「いつでも相手になってやるぜ。次は角でも落としてやろうか」

「何だと……」

と言った仙太郎だったが、そばで遼平が盤面を覗き込んでいるのを見ると、

「遼平さんとか言ったな。あんた、将棋は指すのか」

と聞いてきた。

「少しは」

「ふうん、どっちが勝ってるかわかるか」


（第２局４図　△７七香まで）

▲甚五郎　持駒　角角桂歩三

△仙太郎　持駒　金金銀銀歩三

「口出ししていいんですか」

「いいよ。もう勝負はついてる」

「投了するのは早いですよ。仙太郎さんが優勢だと思います」

甚五郎が驚いた顔をして遼平を見た。

「おもしれぇ、仙太郎さんの代わりに指してみな。あんたの手番だ。どうすれば優勢なんて言葉が出てくるのか、やってもらおうじゃねぇか」

遼平は仙太郎を見た。

仙太郎は黙ってうなずく。周りが静かになった。見ると五人ほどのお客が周りに集まっていた。遼平は店のなかにいる重兵衛を見た。重兵衛は笑顔でうなずいて見せた。

遼平は縁台に座って☖9二玉と指した。甚五郎☗9三銀☖同玉☗8一竜☖7七香（4図）。

遼平が☖7七香と打つと、場がしんとなった。

全員が息を止めているのがわかる。いらっしゃい、ありがとうございますというきよと新太郎の声が、ひどく遠くに聞こえる。

甚五郎は将棋盤の横に置いてある遼平の手駒を見ている。金二枚、銀一枚、歩三枚。甚五郎は酒をぐいとあおると☗同桂と取った。

遼平は☖6八金。この手が狙ぃの一手。以下☗同銀☖8九銀☗8八玉☖6八竜☗9七玉☖8八銀☗8六玉☖7七竜☗7五玉☖6四金☗8五玉☖7四金までの詰み。

甚五郎は何も言わずに盤面をにらんでいたが、やがて小さなため息とともに、

「ここまでだな」

と言った。

周囲で歓声があがる。

「ありがとうございました」

と遼平は言い、頭を下げた。

「いやぁ、驚き桃の木山椒の木だよ、まったく……あんた、滅法強ぇな。将棋は誰に習ったんだい」

甚五郎は目を丸くして聞いてきた。

「田舎の祖父です」

「駒を持つ手つきもいい」

「ありがとうございます」

「最後の挨拶も立派だ」

遼平はぺこりと頭を下げた。

「☖7七香に対して、☗同桂ではなく☗同玉とするとどうなるんだい」

と仙太郎が聞いてきた。

「それでも、即詰みがあります」

遼平は局面を、☖7七香のところまで戻してから駒を動かした。

☖7七香☗同玉☖7九竜とした後で、

「ここで先手の甚五郎さんには☗7八香と☗6六玉という二つの手があります。まず☗7八香から」

と遼平は言い、指し手を進めた。☗7八香☖6八銀☗8六玉☖8五金☗同玉☖8四銀☗8六玉☖8五金☗9七玉☖8八銀☗9八玉☖8九竜まで。

「これで詰んでいます。今度は☗6六玉の変化です」

☗6六玉☖6五銀☗同玉☖6四金☗6六玉☖5五銀☗同歩☖同金☗7五玉☖6五金打☗8六玉☖7六金☗9七玉☖8八銀☗9八玉☖8九竜まで。

「やっぱり詰んでいます」

また周囲がしんとなった。

やがて甚五郎が顔を上げた。

「これをあんた、☖7七香の時点で読み切っていたわけか……」

「その五手前、☗7四桂と指されたときに読んでいました」

周りがどよめく。

「なあ、重兵衛さん」仙太郎が声を上げる。「遼平さんを、私は気に入りましたよ。明日は教わりにきますから、その間はお手すきにしてやってください」

「いいですよ。どんどん使ってやってください」

おかみさんもきよも笑っている。

仙太郎も甚五郎も、喧嘩のことなんかすっかり忘れているようだ。


夕食を食べて布団に寝転がっても、遼平は寝付けなかった。

真っ暗な空間に将棋の盤面が浮かんでくる。

仙太郎の黒っぽい羽織と、甚五郎の紺の股引、縁台に座って総菜を食べたり酒を飲んだりしている人々。大通りを行く人。駆け回る子供たち。

遼平は思った。

これは夢じゃないかもしれない。

8

目が覚めた。

慌てて周囲を見回した。

机はない。本棚もない。壁に貼ってある将棋のポスターもない。

そして身体の下にはベッドがない。薄い敷布団一枚。胸のあたりを見てみた。グレーの着物を着ている。

昨日と同じように、きよが笑顔で起こしに来た。歯を磨いて顔を洗い、井戸端で野菜を洗っているうちにお昼になって、手習いから新太郎が帰ってくると全員でお昼ご飯。

その後、みんなで湯屋へ行った帰りにきよが言う。

「遼平さん、今日は江戸の町を案内してあげる」

重兵衛とおかみさんが笑顔でうなずき、新太郎は飴玉買ってきてときよに言った。遼平ときよは、古着屋の手前で三人と別れた。

「今日はね、半時くらいしかないから、新橋と汐留橋までね。行ったことは？」

「ないと思う」

二つとも名前は聞いたことがある。

遼平ときよは並んで歩き出した。お昼過ぎの大通りは、棒の両側に桶などを吊るした男たちが多かった。きよに聞くと棒手振りだと教えてくれた。棒手振りは長屋の木戸のなかへ入って行き、また出てくる。

「遼平さん、仕事は慣れた？」

「どうにかね」

「将棋、強いんだね」

「お祖父に教わったんだ」

「お祖父ちゃんのこと、思い出したの？」

「ああ、うん。そこだけはね……おきよさんも、すごいんだね。大の男二人に、あんなにきっぱり物が言えるなんて」

「酔っ払いには、あれくらい強く言わないとダメ」

「わかるよ」

「特に甚五郎さんはね、酒癖が悪いから。他人に絡むの」

「あんなふうに言われると、仙太郎さんも怒るよね」

「そう……でも、仙太郎さんも自分がお金持ちなのを自慢することがあるから、どっちもどっち」

「いろんなお客さんが来るんだね」

煮売茶屋というのは、今の居酒屋と雰囲気が似ている。遼平は家族で、居酒屋チェーン店に行って食事をしたことがある。

「焼き烏賊、食べようか」

きよは屋台のひとつを指さす。

「うん、食べよう」

醤油を焦がしたような、いい匂いが漂ってくる。

きよのお店にある烏賊の三倍くらい大きい。焼き烏賊は串に刺してあった。そのまま食べられる。昼ご飯を食べてからあまり時間は経っていなかったが、食欲はあった。

「美味しいね、これ」

「そうでしょう。わたしの大好物」

きよは遼平に笑いかける。背は遼平の肩くらいまでしかない。遼平より一つ下だと聞いているが、学校のクラスメイトより大人びて見えたり、幼く見えたりする。

「あれ、もしかしてお鮨？」

遼平は十メートルくらい先にある屋台を見て言う。

「そう、よく知ってるわね」

「東京でもたまに食べたから。僕の、いや私の大好物」

「今度食べよう」

「うん」

「あれは天ぷらの屋台、あれは蕎麦切りのお店、あれはおせんべい屋さん、あそこの棒手振りは大福売り」

「食べ物屋さんがすごい多いんだな」

「江戸の人は、自分の家でほとんど料理しないから。こういうところで買って食べたりしているの」

「どうして家で料理しないの？」

「自分で料理するより、安く済むからよ。もう一つの理由は、裏長屋ではなるべく火を使わないほうがいいから」

江戸に火事が多かったのは知っている。

確かにあの裏長屋じゃ、火が出たらあっという間に燃え広がる。

空はきれいに晴れ上がっていて風が冷たかった。焼き烏賊を食べ終わると、また歩き出した。

潮の匂いが強くなった。さらに広い通りにぶつかった。その向こうに川が見える。

きよは下駄を鳴らして駆けていく。遼平も草履で後を追った。大きな川だった。舟が何艘も浮かんでいて、船頭さんが櫓を漕いでいた。

舟上には俵や四角い荷物が山のように積まれていた。川の両側にはお店が立ち並んでいて、大勢の人たちが出入りしている。屋台も多かった。

「これが汐留川というの。すごく広い川でしょう?」

「ホント広いなぁ」

「近海で獲れた魚や貝類は、ここから水揚げされるの」

「おきよさんのお店にも、小魚とか浅蜊とか烏賊があったね」

「うん。ここへね、おとっつぁんが毎朝買い付けに来るの」

野菜は、重兵衛とおかみさんが毎朝、百姓家に行って買ってくると言う。ここにも買い付けに来るということは、遼平よりずっと早起き。すごい働き者だ。

「遼平さん、こっち、こっち」

きよが手招きするその先に、木製の橋があった。

「これが汐留橋よ。もうすぐ梅の季節。それが終わると桜。この辺りの桜はとっても奇麗なの」

川岸に沿ってたくさんの桜の木がある。黒い枝を寒空に突き出していた。

「渡ってみよう」

きよの軽やかな下駄の音が響く。

通りも人が多いが、橋の上も混雑していた。中央が少し高くなっている木の橋。きよは立ち止まって橋の欄干に手を置く。

「風が強いね」

きよが目を細めて言う。

きよの髪が少しほつれている。

「おきよさんは、何歳のときからお店のお手伝いをしてるの？」

「七歳のときから」

「早いんだね」

「そんなことない。近所のわたしのお友達も、みんなそのくらいから働いてる。五歳から働いている子もいる」

「将来は何になりたいの」

「そうねぇ……一昨年までは、お武家様のお屋敷へご奉公したいと思っていたの。でも今はそう思っていない。おとっつぁん、おっかさんのお店を継ぎたいの」

「煮売茶屋のおかみさんになるわけだね」

「うん、そう。お婿さんをもらって、お店をもっと繁盛させたいの」

そう言ってきよは遼平を見た。

「新太郎さんはどうするの」

「新太郎はね、五月から質屋に奉公することに決まってるんだ」

「質屋さんか」

将棋の本には、確かこんなふうに書いてあった。江戸時代の質屋の看板は、将棋の駒の形をした板に「質」と書かれていた。将棋では歩とか香車でも、敵陣に入れば「金」になる。このことをひっかけて言ったものらしいと。

「新太郎は、わたしに似ないで頭がいいの。手習いの師匠さんが褒めていた」

新太郎の面白い髪型が、遼平の目に浮かんだ。

そういうことか……と遼平は思った。新太郎が奉公に出れば、お店は重兵衛夫婦ときよしかいなくなる。人手が足りない。そこへいいタイミングで遼平が現れた。真面目そうな少年なので試しに働かせてみようと。

遼平にとっても、それはいいタイミングだった。もしそうした事情がなければ重兵衛は遼平を番屋へ連れて行ったはず。番屋がどういうところかは今日、町歩きをしているときにきよに聞いてわかった。思った通り交番と同じ。

きよが言うには、番屋にしょっぴかれればいろいろ事情を聞かれて、不審者と思われると大番屋で牢に入るのだとのこと。遼平はほっと胸をなでおろした。

「遼平さんは奉公したことないの?」

「まあ、杉戸宿で医者の家に……」

「それはおとっつぁんの作り話でしょう」

「よく覚えていないんだ。転んだとき、頭を打ったせいだと思うけど」

「その歳まで家でぶらぶらしている人はいないし、顔や身体もきれいだから、それなりのお屋敷に奉公していたんじゃないのかな。どこかの大店の若旦那かもしれない」

何て答えればいいんだろう。

サラリーマンの息子で、中学三年生だと言っても通じないだろうし。

「あそこで飴を買おう」

きよは橋を越えたところにある小さなお店を指さした。

橋を渡って一緒に店の前に行く。

「久しぶりです、佐吉さん」

中年の男は顔を上げてきよを見た。

「こりゃ、大榎のおきよさんじゃないか」

「はい」

「しばらく見ないうちに、大きくなったなぁ」

「十四になりました」

「そうか、もうそんなになるか……」

男は顔に皺を寄せた。

「そちらの若い衆は？」

「うちで働いている人です」

「遼平といいます。よろしくお願いします」

遼平は頭を下げた。

「この店の主の、佐吉です」

男も頭を下げた。

一瞬、値踏みするような目になったが、すぐに笑顔になった。

「おとっつぁん、おっかさんは達者かい」

「はい、お陰様で」

「新太郎さんも大きくなっただろうな」

「十歳になりました。近所の手習いへ行っています。五月から尾張町の質屋高砂にご奉公が決まりました」

「質屋高砂さん……大店じゃないか」

「はい」

「そりゃすごいな」

男の顔の皺がさらに深くなる。

「金太郎飴、くださいな」

「あいよ」

男は細長い飴を包丁で小さく切って紙にくるみ、きよに手渡した。

きよはお金を手渡す。

「佐吉さん、今度お店に寄ってください」

「ああ、寄らせてもらうよ」

通りに出ると、きよは、はいと言って逐平に飴玉を寄越した。

「ありがとう」逐平は言う。「これ、知ってる。東京で食べたことある」

細長い飴のどこを切っても、切り口に金太郎の顔が現れる。

逐平が飴玉を口のなかに入れると、きよもポンと口になかに入れた。

9

逐平ときよがお店に戻ると、もう仙太郎が来ていた。

「逐平さん、待ってたよ」

縁台には三人のお客さんしかいない。お店を開けたばっかりなのだろう。

まだ日は高かった。仙太郎の縁台には三つお皿が並んでいたが、お酒はなかった。

「いらっしゃい、仙太郎さん」

きよが愛想よく言う。

「あらま、ご一緒にお出かけで?」

「逐平さんに、汐留橋と新橋を案内してあげたの」

行きは汐留橋を渡ったが、川沿いのお店をのぞきながら歩いた後、木挽橋という名前の橋を渡って対岸へ行き、新橋を渡って帰ってきた。

「おきよさん、お客さんがまだ少ないようだから、遼平さんを少し借りてもいいかい」

「ええ、どうぞ。他に持っていっちゃダメだけど」

「重兵衛さん、将棋盤と駒、貸してくれ」

もちろん、遼平に異存はない。指したくてうずうずしていたのだ。一応、重兵衛とおかみさんの顔を見たが、笑顔でうなずいている。

そばに新太郎がいて、

「遼平さん、おいらがいるからお店のことは気にしなくていいよ」

とうれしいことを言ってくれる。

遼平は重兵衛から将棋盤と駒袋を受け取ると縁台に座った。

仙太郎は酒を飲んでいない。遼平にはそれが嬉しかった。酒が入れば確実に棋力は落ちる。

「角落ちでやりますか」

駒を並べると遼平は笑顔で言った。

「まあ、最初はそれで行こうか」

仙太郎は素直にうなずく。

江戸時代は現在より駒落ちの対戦が多かったというのは、遼平も知っている。

遼平は自陣の角を駒袋に入れると、
「お願いします」
と頭を下げた。お願いしますと仙太郎も応じた。
上手遼平は初手△6二銀と指した。下手仙太郎は▲7六歩。以下△5四歩▲5六歩△6四歩▲7八銀△8四歩の出だし。
その後、定跡どおり進んで1図のような局面になった。

（第3局1図　△7三桂まで）

（※局面図は駒落ち戦では下手側を先手として表示してあります）

下手仙太郎は三間飛車、美濃囲いである。これは三間飛車定跡といって、現在でも最も有力視されている角落ち定跡。下手のポイントは、飛車を三間に振って美濃囲いにすること。上手に8筋以外の位を取らせないことの二点である。

1図は、遼平が△7三桂と上がったところ。

通常なら△7三金から△8四金と棒金のように構えて、下手の攻めを封じたり、場合によっては△7五歩と上手から攻めていくのが定跡。

しかし遼平はここで定跡を外してみた。△7三桂から△8一飛として、飛車を2筋や3筋に回して玉頭から攻めようと思ったのだ。現代で言う地下鉄飛車である。

仙太郎の手が止まった。ここで手が止まるのは、遼平の指し手に戸惑っている証拠。つまりこれが定跡を外した手だと理解している証拠でもある。


(第3局2図　△2四歩まで)

▲仙太郎　持駒　なし

△遼平　持駒　なし

しかし仙太郎は、考えた末に定跡どおりに▲3六歩と指してきた。この手は△7三金と上がったときに有効な応手である。仙太郎は遼平の意図が見えないようだ。

以下△4三金▲4七金△8一飛▲2六歩△3四金(狙いの一手)▲3七桂△2四歩(2図)と進んだ。

仙太郎は遼平の狙いに、みごとにはまっている。▲3七桂と▲2六歩を指したことで△2一飛から攻められやすくなっている。

遼平は顔を上げた。周りには十人ほどのお客さんがいて、仙太郎と遼平の将棋を黙って見つめていた。みんな将棋が好きなようだ。

「どうぞ、仙太郎さんの手番ですよ」

「わかってるよ……しかし……」

　仙太郎はしばらく考えたあと、

「角落ちならどうにかなると思っていたんだが……仕方ない、こう行くか」

☗6八角☖1三桂☗2七銀☖2一飛☗3八金☖2五歩☗同歩☖同桂と進んだ。ここで仙太郎は悪手を指した。☗同桂と取ったのである。本来なら☗2六歩と打つべき。そうすれば、以下☖3七桂成☗同金寄で簡単には上手が攻めきれない。

　仙太郎の☗同桂を遼平は☖同金と取った。

「まいったな……しかし、ここで負けてたまるか」

　仙太郎はきんぴらごぼうを口に放り込むと、両袖をまくり上げた。よし、と気合を入れて腕を伸ばす。

以下☗2六歩☖同金☗同銀☖同飛☗2七金打☖2一飛☗7五歩☖2六歩☗3七金右☖7五歩☗同飛☖7四歩☗7九飛☖2七銀☗同金寄☖同歩成☗同金☖2六歩（投了図）となった。仙太郎は腕組みをして考え込んだ。


（第3局投了図　☖2六歩まで）

☗仙太郎　持駒　銀桂歩二

☖遼平　持駒　金桂

　投了図で☗3七金右と逃げるのは☖2七金から2

筋を突破して上手良し。

下手は☗同金☖同飛☗2七歩なら粘れるが、早い攻めはないので、上手にじっと☖2一飛と引かれると後が続かない。金得した上手が自信ある展開。この将棋は地下鉄飛車から積極的に指した手順がうまく決まったと言える。

おかみさんの威勢のいい声が響き渡る。

「はあい、みんな。将棋を見るんだったら、煮物を食べてよ。お酒も飲んでよ。飲み食いしないで将棋だけ見るなんてのはお断りだよ」

「はい、はい」

「わかったよ。浅蜊とおからをくれ」

「こっちは酒ときんぴらごぼうだ」

という言葉が遼平の耳に入ったが、すぐに消えていった。

「これまでだな。角落ちでも勝てないのか……よし、あんたがどこまで強いかやってみよう。二枚落ちで頼むよ」

「わかりました」

遼平は駒を並べ終えると、飛車も駒袋に入れた。

お願いしますとお互いに頭を下げる。

上手の遼平は☖6二銀。下手仙太郎は☗7六歩。その後☖5四歩☗4六歩☖5三銀☗4五歩

△3二金▲3六歩△6二金▲3五歩と進んだ。

なるほど、二歩突き切り定跡だなと遼平は思った。3筋と4筋の歩を五段目まで突くことからこう呼ばれている。

角落ちのときの三間飛車定跡といい、この二歩突き切り定跡といい、江戸時代にはすでにこうした駒落ち定跡ができ上がっていたことに遼平は驚いた。

（第4局1図　▲3六飛まで）

遼平は△2二銀と上がった。仙太郎▲4八銀。以下△6四歩▲4七銀△7四歩▲3八飛△7三桂▲3四歩△同歩▲同飛△3三歩▲3六飛と進んで1図のようになった。

二歩突き切り戦法のポイントは、下手▲4五歩を早めに突くこと。こうしておけば上手に△4四歩と突かれて角道が止まるのを防げる。

仙太郎はこのポイントをしっかり押さえている。

1図以下、△5二玉▲7八金△6五歩▲6九玉△6三金▲5八金△6四金▲3七桂△9四歩▲9六歩△6三玉▲6八銀△2四歩（2図）と進んだ。

☖2四歩では、普通なら☖8四歩。以下☗4六銀なら☖7五歩☗同歩☖同金と攻める手や、☖1二香と取られそうな香を逃げておくところ。しかしこの展開は仙太郎も読んでいるはず。☖2四歩は餌。仙太郎はこの歩を目障りに思って狙ってくるはず。その間に遼平から攻め込んでいって力将棋に持ちこめば遼平に有利。

（第4局2図　☖2四歩まで）

☗仙太郎　持駒　歩

☖遼平　持駒　なし

駒落ち定跡では、上手はどこかで必ず定跡を外して力将棋に持ち込んでいく。力将棋は棋力の勝負。どこまで駒の動きを深く、そして先まで読めるかが決め手になる。最初にあった駒落ちの差は、このプロセスで消滅する。

プロとアマとの駒落ち対局では、下手が定跡を使いこなせるように、上手はわざと定跡どおりに指し進める場合もある。いわゆる指導対局である。

しかし遼平はそうしなかった。全力で指したかったのだ。

思ったとおり仙太郎は考え込んだ。

「うーん、わからない手だな」

とつぶやいたあとに☗4六銀と指した。遼平は☖

2三銀。以下☗3五銀☖7五歩☗同歩☖同金☗7六歩☖8五金☗2六飛☖9五歩（3図）と進んだ。

遼平の狙い通り、2筋対9筋の戦いに持ち込むことに成功。

次に☗2四銀と指されると歩損だが、☖同銀☗同飛のときに☖2三歩と受けられる。7筋で歩交換をしておいたからである。

（第4局3図　☖9五歩まで）

☗仙太郎　持駒　歩

☖遼平　持駒　歩

こうしておいて、9筋から攻めたい。攻め合いになれば、玉の近くを攻めている遼平に分がある。

予想通り仙太郎は2筋と4筋、遼平は8筋と9筋からの攻め合いになった。遼平は駒得を広げていく。途中仙太郎に王手をかけられたが、遼平は上部に逃げた。8筋と9筋を開拓してあるので遼平の玉は捕まらない。

手が進み、遼平が☖7七成香としたところで仙太郎は腕を組んだ（投了図）。

☖7八銀までの詰めろである。☗4九金と金を取っても☖6八銀で詰み。

☗6八金打が最善の受けだが、☖同成香☗同玉☖

5九金で一手一手の寄り筋。

上手玉は上部が広く詰まない。この将棋は2筋を破らせる代わりに、9筋を破ることができたことが大きい。玉に近い筋を攻めている分、攻め合い勝ちができた将棋だ。

仙太郎は腕組みしたままうなった。


（第4局投了図　△7七成香まで）

「……これまでか」

「ありがとうございました」

と遼平が言い、

「ありがとうございました」

と仙太郎が返した。

周りから歓声が上がる。

「おきよちゃん、お酒持ってきて。浅蜊とおからと小魚も」

「あいよ」

きよがお酒と料理を持ってきても、仙太郎は軽口を叩かなかった。投了した局面を見つめている。周りの人々が縁台に散っていく。

「私は十歳のころから将棋を指しているが」仙太郎

は顔を上げた。「あんたみたいな強い人は見たことない。歳はいくつなんだい」

「十五歳です」

「いつ将棋を覚えたんだ」

「六歳のときです」

「誰に教わったんだい」

「祖父です」

「祖父さんは将棋が強かったのか」

「仙太郎さんくらいでした」

「あっさり言ってくれるなぁ」

きよが注文の品を持ってきた。

仙太郎は苦笑してお酒をぐいと飲み、浅蜊をつまんだ。

「角落ち定跡も二枚落ち定跡も、私が高いお金を払って買い求めた本に書いてあったものだ。誰もが知っているものじゃない。遼平さん、知っていたのか」

「ええ、知っていました」

「やっぱりな……そうだろうな」

「仙太郎さんは、将棋を誰に習ったんですか」

「習ったってもんじゃないな。近所の旦那衆が指しているのを、そばで見て自然に覚えたんだ」

「将棋を教えてくれる手習いというのは、江戸にはないんですか」

「聞いたことないな。手習いと言えば、読み書き算盤、三味線、踊りってところさ」

「腕に自信がある人が集まって指す、道場みたいなものはないんですか」

「道場とまではいかないが、将棋好きが集まる場所はある。湯屋の二階に行けばいつでも将棋は指せる。行ったことは？」

「湯屋には今日も行きましたが、二階へは上がっていません」

「しかしあんたがそこで指しても、暇つぶしにもならないだろうな。もう少し強い人が集まる場所もある。武家や大店の屋敷だ。私の家にも、毎日のように近所の将棋好きが集まってくる。だがそこでも、おまえさんに敵う相手はいないよ」

「でも、強い相手はいるはずですよね」

「そりゃいる。将軍様から禄をいただいている将棋三家というのがあるが、そこのお弟子さんたちは強い。いや、強いという噂だ。町人の我々が指せる相手じゃない。雲の上の人たちだ」

将棋三家のことは将棋の本で読んだことがある。

詳しいことはよく知らない。

「将棋の手習いを始めたら、子供は集まりますか」

「どうかな……まず女子は来ないだろうな。将棋が強くなったって、嫁入りやご奉公に役立つわけじゃない。男の子も同じさ。将棋はしょせん道楽だ。読み書き算盤ができるほうがいいからな」

「大人なら集まりますか」

「私は教えを請いに行くよ。遼平さんがお師匠さんになるんなら……まあ、しかし将棋を生業にするのは、難しいだろうな」

遼平は何回かうなずいた。

「今日はありがとうよ、遼平さん」

「どういたしまして。私のほうこそ、ありがとうございました」

「もう、お店の手伝いをしてもいいよ。将棋盤はこのままで」

遼平は笑顔で立ち上がった。

「おきよちゃん、お酒もう一本」

「あいよ」

きよがお酒を持って行っても、仙太郎は顔を上げない。自分で駒を動かし、ときどき腕組みをして、また駒を動かすという動作を繰り返している。

辺りが暗くなってから、仙太郎はやっと帰っていった。

10

タイムスリップなんてありえないし、長い夢を見ているだけだ。頭の半分ではそう考えていたが、あとの半分では、

――いつ覚めるかわからない夢なら、それはタイムスリップと同じではないか。

そう考えていた。

予定では、十一日後に斎藤三段との対局がある。それまでに夢から覚めればいいが、覚めなければ不戦敗。一勝四敗。午後の対局も不戦敗になるから、一勝五敗。

いや、それでも戻れればいい。全力でぶつかれる相手と、好きなだけ指せる。しかしこの江戸では、それが難しいようだ。

親や学校のことも考えたが、なぜか遠くにある幻のように感じる。本当のタイムスリップなら、今頃は親も学校も大騒ぎしているはずだ。警察にも連絡がいっているのではないかと思う。

しかしなぜか、他人事のように思える。タイムスリップなんてありえないと思っているからか、あるいはもともと親も学校も、自分のなかで希薄だったのか……。

将棋が指したくてたまらなくなった。駒落ちの将棋ではなく、平手で思い切り指せる相手が欲しかった。

将棋三家のお弟子さんたち……彼らと指したい。しかし彼らは雲の上の人たちで、町人が指

せる相手ではないと仙太郎は言う。

それに、と遼平は考えた。自分には煮売茶屋の仕事がある。毎日三回の食事と寝るところを、重兵衛に提供してもらっている。

あちこち勝手に出歩くわけにはいかない。今日、きよと汐留橋や新橋に行ったのは、たぶん遼平に魚介類の仕入れ先を教えるため。遊びで出歩いたわけではない。

きよに将棋盤と駒を貸してもらおうと思ったが、言わないことにした。夜、ひとりで駒を動かそうにも、部屋の明かりはない。近所の明かりが漏れてくることもない。行燈の油は貴重品らしく、めったに使われなかった。

長屋と言っても、重兵衛一家が住んでいるところは表通りに面している二階屋。表長屋あるいは表店と言われている。そこそこの収入がある家ということがわかった。遼平が住まわせてもらっているところは、たぶん重兵衛一家の納屋。

——どうにかして帰りたい。

闇のなかで遼平は呟いた。

祖父が手招きしたから、遼平はその方向へ足を踏み出したのだ。そして江戸へ来た。もう一度祖父が現れれば、令和の現代に戻れるのではないか。

闇のなかに祖父の姿を探した。

どこにもいない。

目を閉じて、必死に思い出そうとした。記憶のなかにいる祖父を、必死に思い描こうとした……眉毛に混じる白くて長い毛。遼平を見るとほころぶ顔。初めて祖父に平手で勝ったときの、祖父の静かな笑み。

しかし思い出した祖父には、何かが欠けていた。そっくりなのに何かが違う。遼平を手招きしてくれない。

遼平は布団から身を起こすと、草履をはき、そっと障子を開けた。

部屋の外に出た。通りの向こう側にある武家屋敷から漏れる明かりで、井戸端の位置は確認できた。誰もいない。

遼平は着物を脱いで褌ひとつになった。

寒さは感じなかった。

井戸水を汲んで盥《たらい》に入れた。おなかに力を入れると、盥を持ち上げて頭から水をかぶった。身体がかっと熱くなった。遼平はもう一度、水をかぶった。

——覚めてくれ。夢なら覚めてくれ。

さらに一度、水をかぶった。

——祖父ちゃん、おれを令和の時代に戻してくれよ。

四回、五回と水をかぶった。

夜空を見上げた。月はない。無数の星がまたたいている。

翌日も、同じことの繰り返しだった。朝起きて井戸端で歯を磨き、朝食後はまた井戸端へ行って野菜洗い。昼食後は家族みんなで湯屋。

お店に縄暖簾を出すと、すぐに仙太郎が来た。相変わらずお洒落。黒っぽい着物にグレーの羽織を着ている。遼平が顔を見せると、

「やろうか」

と言うので、さっそく将棋盤と駒を用意した。

まだお客さんはちらほら。仙太郎は酒は注文せずに、総菜と飯を食べている。

二枚落ちで対戦した。

仙太郎は昨日と同じ二歩突き切り戦法。遼平も昨日とほぼ同じ手順で進めた。遼平が△6四銀と上がったところである（1図）。

（第5局1図　△6四銀まで）

昨日と違う点は、△6四銀と上がり金と銀の位置を変えたところ。将棋は金と銀を入れ替えるだけで急所や攻め筋が違ってくる。本譜の進行では7筋から上手が攻めるなら、攻め駒は銀になり、主要な守

り駒は金になる。

仙太郎は顔を上げた。

「遼平さん」

「はい」


（第5局2図　☖4三歩まで）

☗仙太郎　持駒　金歩二

☖遼平　持駒　なし

遼平も顔を上げた。

「昨日よりうまく指せていると思うんだが、どうだい」

「はい、今のところは仙太郎さんが有利に進めていると思います」

「やっぱりそうか」

仙太郎はにっこりするとまた盤面をにらんだ。

お客さんはたまに遼平たちを見るが、昨日みたいに集まってこない。

仙太郎は左手で右のたもとを押さえると、すっと手を伸ばした。気持ちが乗っている手つき。☖6四銀以下次のように進んだ。

☗5八金☖5二金☗6八銀☖6二玉☗3七桂☖

９四歩☗９六歩☖８四歩☗４六銀☖１二香☗５六歩☖８五歩☗３五銀☖３一銀☗４四歩☖同歩☗同銀☖同金☗同角☖５三銀打☗２六角☖４三歩（２図）。

ここで仙太郎は手を止めた。腕組みをして考え込む。やがて顔を上げると、

「まだ私がいいと思うんだが」

と言ってきた。

「そう思います」

金と銀を交換できた仙太郎の攻めが成功している。

「ここで、あんたが投了するというのはどうだい」

「いやです」

「そうか……」仙太郎は盤面に目を落としたが、すぐにまた目を上げた。「逵平さん、町でこう書いてある看板を見かけなかったかい。『一斗二升五合』」

「ええと……それはよく見かけます。このお店にもありますから」

何だろうと思ったが、きよに聞いたことはなかった。

「何の秀句か、わかるかい」

「シュウク？」

仙太郎は自分の掌に指で字を書いてくれた。

「まあ、一種の言葉遊びだ。お客さん商売のお店には、必ずといっていいほど、その看板はある」

「ええと……『愛しい人に生涯五合の飯を』という意味じゃないですか」

思いついたことを言ってみた。

「五合の飯じゃ、一日で食っちまうよ」

仙太郎は笑う。

遼平も笑った。

「『ご商売益々繁盛』ということさ」

「はあ……」

「一斗というのは十升。つまり五升の倍のことだ。ご商売。二升というのは、一升の升がふたつあるから益々、五合というのは一升の半分だから繁盛ということになる」

「あっ……」

駄洒落みたいなものか、と遼平は思った。

「どうだい、うまくできてるだろう」

「かなり凝った言葉遊びですね。甚五郎さんと将棋を指しているときに言ってた、『汚いぞ』『北がなけりゃ日本は三角』というのも秀句なんですか」

「そういうことさ。東西南北のうち北がなくなれば、方角は三つしかなくなる」

「なるほど」

「と思ったら、この先を教えてくれ」

仙太郎は盤面を指さす。

「いいですよ、教えましょう」遼平は笑顔で続けた。「まずこの局面では、仙太郎さんは金銀交換ができていて攻めの主導権を握っています。これを最後まで生かし切ることができるかです」


(第5局3図　▲4六飛まで)

▲仙太郎　持駒　金桂

△遼平　持駒　歩四

「それはわかる。具体的な手順がわからないんだ」

「すぐに見えるのは▲4五桂ですが、△4四銀▲4六歩△4二銀で意外と攻めが続きません。ここは▲7五歩△同歩▲5五歩と歩を突き捨てて、『7四』と『5四』に空間を作るのが筋の良い攻め方だと思います。どちらの歩もいなくなれば、空いた7四に歩を打つと桂が取れるようになります。紛れも少なく、下手優勢を維持できると思います」

「おお、おお……なるほど」

「それでやってみてください」

しかし勝ちきるには、まだいくつかの難しい局面がある。それは仙太郎クラスの実力では、教えてクリアできるものではない。

「よし」

と仙太郎は言うと、手を伸ばして▲7五歩と突いた。

以下、△同歩▲5五歩△同歩▲5四歩△同玉▲7四歩（突き捨ての効果で桂が取れる）△4四歩▲7三歩成△同銀▲4六飛（3図）と進んだ。

遼平の助言もあり、局面は依然として仙太郎がリードしている。

しかし▲4六飛が緩手。ここは▲6六歩△同歩▲同飛△6五歩▲4六飛が正しく、歩切れを解消しておくことが重要だった。歩を手持ちにして▲4六飛と回れば、次に▲4五歩があり、攻めは切れない。

3図以下の指し手は△4二銀上▲3五金△4三銀▲3六桂△6四銀右▲4四金△同銀上▲同桂△4三金▲5二桂成△4四歩▲5三成桂△同金▲4五歩△3四桂（4図）。

大駒の両取りが掛かっている。

「その桂、ちょっと待った」

という声がかかるかと思ったが仙太郎は無言。


（第5局4図　△3四桂まで）

☖3四桂を読んでいたのか、あるいは待ったなどせずに、最後まで指しきろうという決意の表れか。まだ少し仙太郎が有利だが、形勢は急接近している。
仙太郎の棋力では寄せきれない、と遼平は踏んだ。ならば仙太郎に攻めさせておいて一手勝ちを狙うのがベスト。

（第5局投了図　☖9八金まで）

☗仙太郎　持駒　角金

☖遼平　持駒　金銀歩三

そして遼平の思惑通り指し手が進んだ（投了図）。
☖9八金を見て仙太郎は投了した。
投了図で☗同香は☖8八銀打まで。
☗同玉と取るのも☖7八竜☗9七玉☖8八竜までの詰み。
後手玉には☗4二歩成からの詰めろが掛かっているから一手違いの将棋。
二枚落ちでは飛車の価値が高いので、その飛車が取れて逆転したと言える。
「ありがとうございました」
お互いに礼をした。
周りで歓声が上がる。
いつの間にか五、六人のお客さんが観戦していた。

「これが一手違いというやつか」

と仙太郎が聞いてきた。

「そうです。きわどい勝負になると思ったときは、この手を使います。相手は勝てるのではないかと思って踏みこんできますので、最後の最後に、きれいに技が決まります」

「ということはやっぱり、私はお釈迦様の手のひらで遊ばされていたということか」

と仙太郎が言うので、

「はい」

と遼平は答えた。

二人で顔を見合わせて笑う。

そのとき、声がした。

「来てやったぜ」

大工の甚五郎だった。

「いらっしゃい」

遼平は頭を下げた。

「仙太郎さんに御指南かい」

「はい、江戸の秀句を教えてもらった代わりに、将棋を教えています」

「秀句なら、あっしのほうがよく知ってらぁ」

「そうなんですか」

「あたぼうよ、あっしは生粋の江戸っ子だぜ。おきよさん、酒をくれ」

「あいよ」

きよは威勢のいい返事をする。

「ご商売益々繁盛ってやつを、教えてもらったんですよ」

「そんなのは、子供だって知ってらぁ。他には？」

「北がなけりゃ日本の三角」

「それは、生まれたての赤んぼだって知ってらぁ」

「その二つだけです」

「だったら、あっしが教えてやるよ。あんた、湯屋へ行っただろう」

「毎日行っています」

「入口に、矢をつがえた弓がなかったか」

「……ああ、はい、ありましたね」

覚えている。入口の上にあった。

何なんだろうと思った記憶がある。

「どうして湯屋に、そんな飾りもんがあると思う？」

湯屋と弓は、初めの音が『ゆ』……しかしその後の音が違う。

「どこの湯屋にもあるんですか」

「ある」

「うーん……わかりません」

「弓は『ゆ』とも読む。矢を射るの『いる』と湯に入る『いる』を掛けて、弓射る、湯入るというわけだ」

「なるほど、シャレてますね」

「房楊枝は、あんたも使っているだろう」

「ええ、毎朝使っています」

「はい、お酒。お待ちどおさま」きよがそばに来て言う。「肴は何がいいですか」

「蛤ときんぴらごぼうをくれ」

「あいよ」

きよが去ると甚五郎は酒をぐいとあおった。

「房楊枝の店には『猿』を描いた看板がある。見たことあるか」

「ええと、あります」

きよと歩いたとき、それも見かけた記憶がある。

「なぜ房楊枝の店に猿の看板があると思う？」

「それも秀句ですか」

「そうさ」

「……ぜんぜんわかりません」

「猿という漢字は『ましら』とも読む」

「ましら……」

「うちの房楊枝で歯を磨けば、真っ白になるということさ。江戸じゃ、歯は白いのが流行りなんだ」

「ましら……真っ白……寒いですね」

「そりゃ、寒いさ」甚五郎は笑う。「まだ一月だからな」

遼平は笑った。

寒いシャレという感覚は、江戸にはまだないようだ。

「それも子供だましだよ、甚五郎さん」仙太郎が隣で言う。「日本橋の近くに一石橋というのがあるんだが、一つの石の橋と書きます。どうして一石橋と名付けられたのか、甚五郎さん、知ってますか」

「一石橋の名前くらい知ってらぁ」

「名前の由来ですよ」

甚五郎の目が泳いだ。

「どうやら知らないようですね」

「あんた、知ってるんかい」

「橋の北には、金座御用の後藤庄三郎という人のお屋敷があった。橋の南には呉服御用の後藤縫殿助のお屋敷があった。橋が破損したとき、二つの後藤家がお金を出し合って修復したのさ。それから一石橋と呼ばれるようになったんだ」

甚五郎は酒をあおると横を向いた。

「逐平さん、今の話からわかるかい。どうして一石橋と名付けられたか」

「さっぱりわかりません」

「さっきのご商売益々繁盛と関係がある」

「ええと……」

「後藤は『五斗』だ。五斗と五斗を足すと一石になる」

へぇ、と逐平は感心した。

幕末の江戸には、こんなに駄洒落が流行っていたんだ。

「はい、蛤ときんぴらごぼう」きよが来て言う。「だいぶ話が弾んでいますね」

「私が江戸の粋というものを、講釈してやっていたんだ」

仙太郎が得意満面に言う。

「仙太郎さんは、粋ですからねぇ」

「そういうことだ」

きよは笑って去って行った。

甚五郎は遼平に向き直った。

「りょうへいさん」

「はい」

「どういう字を書くんだい」

遼平は固い地面に爪で『遼平』と書いた。

「ふうん、難しい字を書くんだな。二枚落ちで仙太郎さんに勝ったのかい」

盤面は投了図のままだった。

「はい、勝ちました」

「てぇしたもんだな。それとも相手が弱かったんかい」

「何だと……」仙太郎が隣で目を剥く。「強いか弱いか、やってみるか」

「いいねぇ」

「よし、酒代を賭けよう」

「待ったはなしだぜ」

「当たり前だ」

仙太郎は袋のなかから飛車と角を出して盤上に並べた。

遼平は立ち上がった。お客さんが増えてきた。そろそろ頑張って仕事をしないと。

夕食時に新太郎が言った。

「遼平さん、明日、湯屋から帰った後、手習いのお師匠さんのところへ一緒に行こうよ。ねえ、おとっつぁん、おっかさん、いいだろう」

「行って何をするんだい」

とおかみさんが言う。

「将棋だよ。遼平さんのことを話したら、ぜひ指してみたいって言うんだ。お師匠さんも将棋が強いらしい」

「そうなのかい」

「うん、お師匠さんは昔、水戸藩の藩士をしていたの知ってるよね」

「知ってるよ。偉いお武家さんだ」

「藩内でも五本の指に入るくらい、将棋が強かったんだって」

遼平は箸を置いて新太郎を見た。

そういう人がいるんならぜひ指してみたい。

「ねえ、いいだろう。一時くらいで帰ってくるからさ」

「いいよ、行っておいで」と重兵衛が笑顔で言う。「どうだい、遼平さん。行ってみるかい」

「はい、ぜひ行きたいです」

将棋は武士の間でも盛んに指されていたというのは、遼平も知っていた。藩で五本の指に入るというからには、相当の実力者のはずだ。

「その人は、幾つくらいなの」

遼平が聞いた。

「四十一歳だよ」

「違う、四十二歳。おまえ、お師匠さんの歳を間違えるんじゃない」

きよが食って掛かる。

「そうじゃないんだ、姉ちゃん。蘭書によると四十一歳なんだ」

「蘭書？」

「日本では正月を過ぎると一つ歳を取るけど、阿蘭陀などの諸外国では、自分の誕生日が来ると一つ歳を取るんだ。だからお師匠さんは今、四十一歳」

きよはぽかんと口を開ける。

「知ってるよ、それ」と遼平は言った。「私は十五歳。誕生日は四月二十三日。これは西洋式に数えているんだ。日本式に言うと十六歳」

今日は一月末。正月は過ぎているけれども誕生日前。

「すごいや、遼平さん」

新太郎はキラキラした目で遼平を見ている。

11

「中島遼平と申します」

遼平は畳に手を付いて頭を下げた。

隣で新太郎も頭を下げる。

「春日洋之助と言います」

手習いの師匠も、畳に座って頭を下げた。

四十一歳と聞いていたが、若々しく見える。頭のてっぺんが綺麗に剃ってあり、その上に髷が載っていた。

「遼平さんの『遼』とは、こういう字を書くそうですね」

春日は懐から紙を取り出して開いた。

毛筆で『遼』とあった。達筆だなと思った。

「そうです」

「素晴らしい字ですね。遥か遠いところを見て生きる……新太郎から聞いたときには、思わず膝を叩いてしまいましたよ」

声が太い。

「祖父がつけた名前です」

「かなり学問がある人なんですね」

「さあ、どうなんでしょうか」

「あなたは将棋が強いそうですね」

「強いかどうかはわかりません。お店に来るお客さんと指しただけですから」

「二枚落ちで勝ったと聞きましたが」

「運がよかったのだと思います。お師匠さんこそ、水戸藩で五本の指に入る腕前だったと新太郎さんから聞きましたが」

何となく改まった口調になる。

春日洋之助は縁台でお酒を飲んでいる人たちと違って見えた。風格がある。

そう言えば、武士と話したのはこれが初めてだった。

「新太郎さんの従兄だそうですね。何でも、医者の家に奉公に出たが、煮売茶屋で働きたくなって江戸へ出てきたとか」

「はい、賑やかなところで暮らしたいと思いまして」

「確かに江戸は賑やかだな」春日洋之助は太い声で笑った。「それに江戸は、気楽に独り暮らしができる最高の町でもある」

六畳ほどの部屋の壁には、細長い机がたくさん積み重ねられている。誰もいない。手習いが終わって子供たちは帰った後だから、と新太郎はここへ来る道で言っていた。

「では早速だが、一局指してみますか」

「はい、よろしくお願いします」

春日洋之助は部屋の隅にある将棋盤を運んできた。

木箱が盤上に載っている。春日は木箱から駒を取り出して盤上に並べる。遼平も並べた。使い込まれたいい色の彫駒だった。遼平は正座して頭を下げた。


（第6局1図　△5二飛まで）

▲遼平　持駒　なし

△春日　持駒　なし

「よろしくお願いします」

「お願いします。遼平さんの先手番でどうぞ」

手合いは平手。遼平は初手▲2六歩と突いた。春日は△3四歩。遼平▲7六歩。春日△4四歩。以下▲4八銀△3二銀▲2五歩△3三角▲5八金右△5四歩▲6八玉△5二飛（1図）と進んだ。

春日は駒を中指と人差し指で挟み、きれいな手つきで指してくる。新太郎はそばに座って黙って対局を見ている。

春日は中飛車。遼平は居飛車である。

江戸時代の中飛車は5五の位を重視する傾向に

あったことを、遼平は知っていた。しかし現代の目から見ると、４四の歩を早く突いている分、玉の囲いが遅くなる。遼平は早繰り銀を使うことにした。

以下、指し手は次のように進んだ。☗７八玉☖５五歩☗６八銀☖６二玉☗３六歩☖７二玉☗３七銀☖４三銀。

やっぱり春日は５五の位を取ってきた。

遼平の早繰り銀にどう対応するか。

以下、☗３五歩☖同歩☗４六銀☖３四銀☗３八飛☖４五歩☗３五銀☖同銀☗同飛☖４二金☗３七桂☖４三金☗４五桂☖２二角☗５三銀となったとき、春日の手が止まった。

「うーん」

春日は顎を手でさすりながら唸る。

春日が何を読んでいるのか、遼平には感じ取れた。

ここで春日が☖同金とすれば☗同桂成☖同飛の時に☗３二飛成がある。これに気がついたのだ。飛車に成りこまれると後手玉はもたない。

「うーん」

春日はもう一度唸った。

春日の中飛車は、現代の捌きを重視する中飛車とは違って、どっしりと構えた持久戦の中飛車。急戦を仕掛けられて困惑している様子が感じ取れる。

「仕方ないな」

春日はそうつぶやくと△同金とした。▲同桂成△同飛▲3二飛成△5二飛。この5二飛は王手角取りを防ぐ唯一の手段である。それに対して遼平は▲4二金（投了図）。


（第6局投了図　▲4二金まで）

▲遼平　持駒　歩二

△春日　持駒　銀銀桂歩

投了図で飛車が逃げるのは▲2二竜で角が取れる。△3三角と角が逃げるのは▲5二金で飛車が取れる。△6二飛▲2二竜△3三銀ならすぐ詰むことはないが、▲2一竜とゆっくり駒得を広げておけば先手の優勢は変わらない。

「……ここまでだな」

「ありがとうございました」

遼平は頭を下げた。

「こんな早い攻めは初めて見た。何という戦法なんですか」

「早繰り銀戦法と言います」

「初めて聞く名だ」

「自分で工夫しました」

「初手から並べてみたい」

遼平は駒を元にもどし、▲3五銀のところで手を止めた。

「3九の銀が、こんなに早く前へ出てくるわけか……」

「はい」

「私のほうは玉を囲う暇がない」

（第7局1図　△4七銀まで）

▲春日　持駒　金桂香歩四

△遼平　持駒　銀

　4四の歩を突かない、つまり角道を止めない振り飛車が現代ではあるが、それを言うと際限がなくなる。

「平手ではとても勝負にならん。二枚落ちでお願いする」

「わかりました」

　春日は平手戦同様、中飛車で来た。中盤までは春日が優勢。さすがは水戸藩で五本の指に入ると言われるだけある。

　途中遼平は、無理気味覚悟で捕獲した飛車を敵陣に成りこませることで徐々に追い上げていき、△4七銀と打った局面である（1図）。

　△4七銀は次に△3八銀成▲同玉△2七銀からの

詰めろになっている。
春日は手を止めた。
腕組みをしてしばらく宙をにらんでいたが、やがてまた盤面をにらんだ。
そばで新太郎が息を詰めている。

（第7局投了図　△2七銀まで）

△4七銀は厳しそうな手だが、これに対しては▲5九香という妙手がある。詰めろ逃れの詰めろである。放っておくと▲2一金△4一玉▲4二歩△同玉▲3四桂△同銀▲5二と△4三玉▲5三とまでの詰み。

序盤から全体的に押されていたので、この局面で▲5九香を指されたら負けるのは仕方ないと遼平は覚悟していた。しかし春日は△4七銀に▲同銀と応じた。これは緩手。

遼平は△同歩成。以下▲同金△2七銀▲同玉△2九竜▲2八銀△3五桂▲1七玉△2七銀（投了図）まで春日投了。

投了の局面は△2八竜までの詰めろ。▲3九銀打と受けても☖1五歩で必至。それに対して上手玉に詰みはない。

　春日の棋力は、現代で言えばアマの三段程度だろうと遼平は思った。仙太郎や甚五郎よりも強い。

「これまでか……ありがとうございました」

　春日は頭を下げた。

「ありがとうございました」

　遼平も頭を下げた。

　春日は、大きくため息をつき、

「途中まではいいと思っていたんだが」

　と言った。

「はい、私のほうがずっと押され気味でした」

「どこが悪かったんだろう」

　遼平は1図のところまで手を戻した。

「この☖4七銀に☗同銀とした手が、敗着だったと思います」

「しかし放っておけば☖3八銀成から詰んでしまう」

「ここに香を打てば、詰めろ逃れの詰めろがかかります」

　遼平は5九の地点に香を打った。

春日はしばらく盤面をにらんでいたが、やがて、

「あっ……」と叫んだ。「その手は見えなかった」

そしてため息をつき、何回もうなずく。

「水戸藩にも、あなたのような強い指し手はいなかった。十五歳だと聞いたが」

「はい、蘭書にある歳の数え方では」

「おお、蘭書を読んだことがあるのか」

春日は目を丸くして聞いてきた。

「新太郎さんに教わったんです。実際に読んだことはありません」

新太郎は隣で、得意そうに笑みを浮かべている。

「お師匠さん、お聞きしたいことがあるんですが」

遼平は聞いた。

「うん、何だ」

「暦を見て、今年は天保二年だとわかりました。蘭暦では何年になるのでしょうか」

「一八三一年だ」

「一八三一年……」

遼平は、社会はあまり得意ではない。しかし大政奉還により江戸幕府が滅亡した年号は覚えていた。一八六七年……イバルナ徳川、大政奉還。

あと三十六年で江戸時代は終わる。まさに幕末……しかし遼平の目には、江戸の町にそんな危険な雰囲気はない。春日は付け加えた。

「今から九年前に、阿蘭陀からグレゴリオ暦という新しい暦が日本に入ってきたが、庶民が使うのは以前からある和暦だ」

春日は立ち上がると、壁際の棚から一冊持って戻ってきた。

壁際にはたくさんの本が積んである。

「これが和蘭辞書だ」

遼平は手に取って眺めた。

表紙に『蠻語箋』とある。東都熊秀英著とも書いてある。

「もちろんそれは写本だ。正確に言えば写本の写本の写本だろうな。貸本屋で借りて私が書き写したものだ。これから日本は変わっていくと私は見ている」

「中を見てもいいですか」

春日は大きくうなずく。

ページをめくってみて驚いた。漢字とカタカナが書いてあったのだ……たとえば水はワアテル、西はウエスト、二月はへブリュアリイ、日本はヤッパン、唇はリッペン、手はハンド……

英語とよく似ている。

「新太郎はこのなかの大半を覚えている」

遼平は新太郎を見た。新太郎は得意そうに笑う。

「それだけじゃない。新太郎は算術にも秀でている。今、和算を教えているのだが、かなり難しい問題も解ける。この手習いで、和算が理解できる子供は新太郎だけだ。新太郎の両親に質屋奉公を勧めたのは私だ」

和算というのは、これも社会の授業で聞いたことがある。関孝和が考案した日本式の高等算術である。現代でいう方程式や行列式の理論と解法が説明してあり、円周率もかなり正確に計算していたと言われている。新太郎が口を開いた。

「遼平さんも、生まれは田舎だけど、阿蘭陀式の齢の数え方を知っていたり、将棋が強かったりするんだ。頭はいいよ」

「そうだな」春日は笑う。「遼平さんの将棋の才能には舌を巻く。しかしな……その才能をどう使えばいいかだ」

春日は新太郎に、お茶を煎れてくるよう言った。

新太郎は土間にあるかまどでお湯を沸かし、茶碗にお茶を煎れて戻ってきた。春日は部屋の隅にある箱から何かを取り出し、懐紙の上に載せて遼平と新太郎に差し出した。

「武蔵国、熊谷宿というところの名産、五家宝だ」

「ゴカボウ……」

「そうだ。知り合いから先日、いただいたものだ。これは珍味だぞ」

新太郎の眼の色が変わる。子供の新太郎に戻った。

遼平は五家宝という名前は聞いたことがある。だが食べたことはなかった。

きなこがまぶしてあり、嚙むと口の中に独特の甘みが広がった。

「美味しい、お師匠さん、美味しいよ」

新太郎は叫ぶように言う。

「ホント、美味しいです」

遼平も言う。

遼平は甘い五家宝を食べ、渋いお茶を飲んだ。

「遼平さんはどう思っているんだ」

遼平が顔を上げると春日は続けて言う。

「将来のことだ。医者はいい商売だと私は思うのだが」

「何というか、病気の人を看たりするのが、どうも性に合わなくて」

「わからないでもないが、お金は儲かるだろう」

「そうかもしれませんが……」

「まあ、いい。江戸で暮らしたくなったわけだな」

「はい。江戸は賑やかなところで、気に入っています」

「お店に来るお客さんと、夢中で将棋を指しているそうじゃないか。強い人と思い切り指したいんじゃないかな」

「はい、それはもう……」

指したい気持ちはあるが、仕事がある。なかなか言い出せない。

春日はお茶を飲むと続けた。

「将棋三家というのを、知っているか」

「お客さんから聞いたことがあります」

「大橋本家、大橋分家、伊藤家。この三家だ。私も元は、藩の禄を食んでいた男だ。しかも将棋好き。将棋三家のことはある程度知っている。将棋の名人というのは、この三家から必ず出る。今は伊藤家から名人が出ている、六代目伊藤宗看という方だ。もちろん名人と将棋を指すなんてことは、我々には絶対に無理だ。三家には、遼平さんのような、あるいは遼平さん以上に強い弟子がいる。その弟子たちと我々が指す機会というのは、あるにはある」

「あるんですか」

遼平は思わず身を乗り出した。

「御三家は将軍様から俸禄をいただいているんだが、禄高は五十石五人扶持と軽い。たくさんの内弟子を抱えたりしているから、当然台所事情は苦しい。そのために裕福な町人たちをたまに屋敷に呼んで将棋を指し、段位を授けるようなことをしているんだ。将棋三家から段位をいただければ箔が付く。だから金持ちはこぞって段位を授けてもらい、そのお礼に多額の金子を渡す。そうしなければ、将棋三家も食っていけないわけさ」

遼平は何回もうなずく。

「だったらいっそのこと、町の剣術道場のように、金さえ払えば誰でも将棋を習えるような制度を作ればいい。将棋は江戸でも上方でも盛んなのだから。私はそう思うのだが、三家とも幕府から俸禄をもらっているから、そうもいかないんだろうな。妙に格式にこだわって、門戸を開放しない」

「内弟子というのは……」

「屋敷に寝泊まりしている弟子のことだ。強い将棋指しのなかでも、さらに強い将棋指しが内弟子になれる」

「内弟子になるのに、試験のようなものはあるんですか」

「あると聞いている」

「どんな試験なんですか」

「師匠と指すようだ。詳しくは知らない」

「かなり強くないと弟子になれないわけですね」

「それは間違いない。とにかく、江戸中の神童が弟子になりたいと集まってくるところだからな」

「年齢制限というのはあるんですか」

「さあ、どうかな。私の聞いた話では、十歳にもなっていない子供が、屋敷内には何人もいるそうだ」

遼平は考え込んだ。

できれば将棋三家の内弟子になって、思い切り指してみたい。

「遼平さん」

と春日は笑顔に戻って言った。

「はい」

「明日また、同じ刻に来てくれないか。一人で」

「一人で?」

「大人の話がある。いいだろう、新太郎」

春日が言うと、新太郎はにっと笑った。

12

前日と同じ時間に、遼平は春日洋之助の住む裏長屋へ一人で向かった。重兵衛もおかみさんもきよも笑顔で見送ってくれたが、新太郎だけが最後ににっと笑った。

遼平は苦笑した。

大人の話と言えば、例のことだろうと思ったが、手習いのお師匠さんがわざわざそんなことを教えるのかなという疑問もあった。

遼平の顔を見ると春日は笑顔で、

「あがりなさい」

と言った。

遼平は失礼しますと言って畳の上に上がった。春日は座布団を出してくれた。火鉢の炭も真っ赤になっていた。火鉢のかたわらには将棋盤がある。

「昨日は五家宝を、ありがとうございました。あの、おかみさんがこれを……」

遼平は風呂敷に包んだ重箱を差し出した。

「これはかたじけない」春日は風呂敷の結びを解いて重箱の蓋を開ける。「おお、これは拙者の……いや、私の大好物のきんぴらごぼうだな。大榎さんのきんぴらごぼうは、また格別だからな」

春日は目尻に皺を寄せて笑った。

遼平も食事のときに食べたことがあるが、ゴボウも人参も、東京で食べていたものより味が濃くて美味しい。

遼平は春日が出してくれたお茶を飲んだ。

「まずは一局、指しましょう」

「はい、よろしくお願いします」

遼平は頭を下げた。

「今日は四枚落ちでいいかな」

と春日が言うので、

（第8局1図　☗9四同香まで）

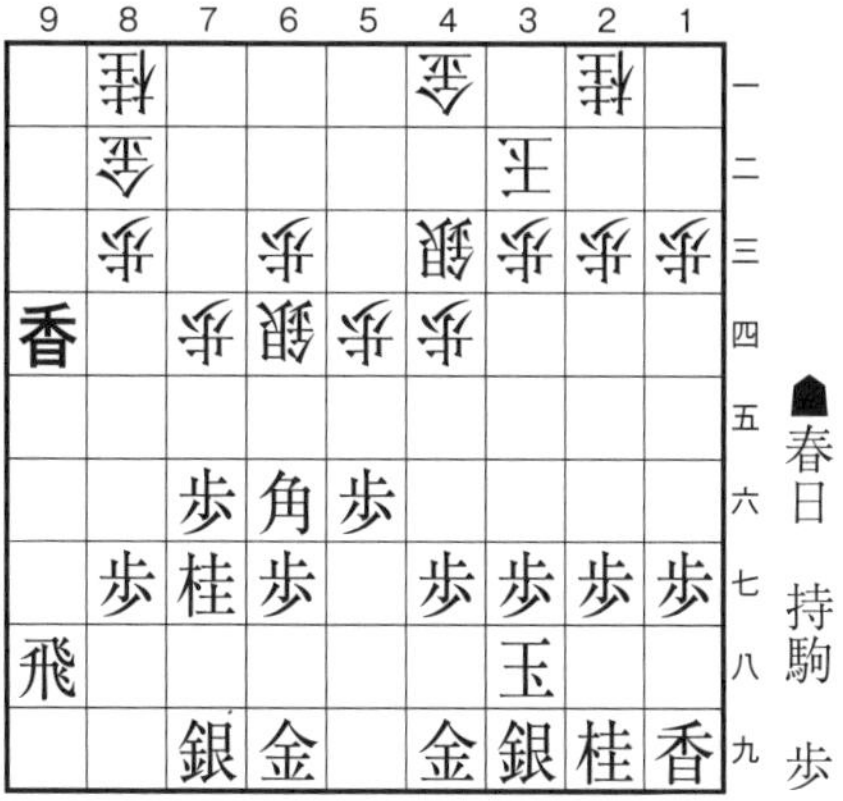

「わかりました」

と遼平は言った。

四枚落ちとは、飛車と角のほかに、二枚の香車を落とすことを言う。

春日を相手に、さすがに四枚落ちはきつい。しかし遼平は文句を言わなかった。将棋を指せるだけで今は嬉しかった。

春日はまたしても中飛車。春日は途中から飛車を9筋に振り、☗9四香（1図）と端攻めを狙ってきた。四枚落ちの場合は上手は香車が足りない分、端がどうしても弱くなるからだ。

手番は遼平。序盤で銀を中央に動かしたことで、9筋からの攻めはもう防げない。通常なら☖9三歩と受けるところ。しかし以下☗同香成☖同金☗同角成☖同桂☗同飛成となり、角と香だけでは下手玉に迫れない。

普通の指し方では勝負にならない、と遼平は判断した。昨日の二枚落ちの対局で、春日の力量はわかっている。このままいけばまず勝ち目はない。

（第8局2図　☗9三角成まで）

☗春日　持駒　桂歩

☖遼平　持駒　歩二

遼平は、よしと呟いて気持ちを引き締めると、☖7五歩と突いた。桂頭を狙う勝負手である。以下☗9二香成☖7三金☗8一成香☖7六歩☗9二飛成☖4二金☗8五桂☖7四金☗9三角成（2図）と進んだ。飛車も角も敵陣に成りこみ、下手としては理想的な攻め。

この展開は上手がかなり苦しい。鍵になるのは7筋で作る『と金』。これをどれだけ有効に働かせることができるかだ。うまく粘って下手の攻めを遅らせ、駒得を重ねていけばチャンスはある。

2図以下は次のように進んだ。☖7七歩成☗8三馬☖8五金☗7四馬☖5七桂☗4八金☖6九桂成☗8五馬☖7九成桂☗6三馬☖5三銀打☗6四馬。

遼平は手を止めた。▲6四馬は春日が決めに行った手。

春日は詰みまでの手順を読みきったのだ。

遼平は△同銀と応じた。春日は▲2二金。これは送りの手筋。遼平△4一玉。

ここで今度は、春日が手を止めた。詰みの手順を再確認しているのか、あるいは△2二玉の一手だと思い込んでいたのか。△2二玉なら▲4二竜以下、簡単な詰み。


（第8局投了図　▲3二金打まで）

▲春日　持駒　歩三

△遼平　持駒　角銀歩二

春日は、

「うん、そうか」

と呟くと▲3五桂と打った。いい手だ。遼平は負けを覚悟した。以下△5二銀▲4二銀△5一金▲4二銀成△同金▲3二金打（投了図）まで遼平投了。△3二同金としても△5一玉と逃げても簡単な詰み。

「負けました」

と言って頭を下げる。

「ありがとうございました」

互いに挨拶を交わす。春日は言う。

「久しぶりに将棋を堪能しました。一手一手の深みを実感した、非常にいい将棋が指せたと思っています」

「私のほうこそ、全力で戦うことができてうれしいです」

「どうにか勝てましたね。私と遼平さんは、四枚落ちの手合が対等だろうな」

幕末の江戸に来て、初めて負けた。

四枚落ちとは言え、負けたのは間違いない。

頭のなかには、勝負の余韻がまだ残っている。現実世界から離れて、宇宙を一巡りしてきたときのような茫漠とした感覚。

春日と遼平は火鉢に手をかざし、冷たくなった指先を温めた。

「遼平さん、大人の話をしましょう」

「ええ、はい……」

春日は立ち上がると、書物が積んであるところにある箱から何かを取り出した。

「これが何かわかりますか」

一枚の紙だった。左側に手を縛られた武士と、小さな日本地図。右側には文字が縦に書き連ねられていた。崩してあるので読みにくい。高橋景保、シーボルトという文字だけがどうにか読み取れた。

「これは二年前の瓦版だ。どんな事件か、覚えてますか」

シーボルトという名前は社会科で習った記憶がある。

どんな事件だったか……。

「いいえ、覚えていません」

「高橋景保という人は幕府の天文方を務めていたのだが、測量に非常に優れた才能を発揮した。伊能忠敬殿亡き後は、その遺志を継いで『大日本沿海輿地全図』を完成させている。それだけではない。外国の書物を翻訳したりもした。シーボルトはドイツ人医師。長崎の出島に住んでいた。景保殿はシーボルトが江戸に出てきたときに懇意になり、シーボルトが帰国する際に、『大日本沿海輿地全図』の写しを贈呈したのだ。これが発覚して景保殿は捕縛され、半年も経たないうちに獄中で死亡した……私は水戸藩士だったころ、景保殿に一度お目にかかったことがある。私より五つ年上の、豪放磊落なお方だった。私は景保殿に人生の師を見る思いだった」

よくわからないが、非常に重要な話をしていることはわかった。

遼平は黙って春日の目を見つめた。

「『大日本沿海輿地全図』は、幕府ご禁制の品。日本の細かな地形が外国に知れれば、戦のとき計り知れない脅威になる。幕府はそう判断したのだろう。しかし景保殿はそれがわからないほど愚かな人間ではない。この地図と引き換えに、シーボルトが持っていた『世界周航記』という本と、阿蘭陀領東印度の地図九枚を手に入れた。交易には非常に重要だと考えたのだ。しかし幕府の馬鹿どもにはそれがわからなかった。先のことがまったく見えていない。いや、日本の現状もわかっていない……」春日の目に涙が溢れてきた。「景保殿には、さぞ無念であったろう。私も無念で仕方ない。私はこのとき思ったのだ。幕府は長くないと。そして半年後私は、家督を弟に譲り、この江戸へ出て手習いの師匠を始めた……いや、申しわけない。恥ずかしいところを見せてしまって」

春日は指で目をぬぐった。

何と返していいかわからない。

遼平はじっと春日を見つめるだけだった。春日は続けた。

「遼平さん、武士が今どんな生活をしているか知ってますか」

「いいえ、武士の方とお話ししたのは、お師匠様が初めてですので」

「日陰町の西側には、武家屋敷が立ち並んでいるだろう」

「はい、豪勢なお屋敷ばかりです」

「しかし台所は火の車だ。俸禄は主に米で支払われるので、物価が上がれば生活は苦しくなる。この理屈はわかるか」

「ええと……よくわかりません」

「武士は俸禄米を、お金に換えて必要なものを買わなければならない。しかしその換算率は物価とは関係なく決められている。つまり、物価が上がれば買えるものが少なくなるわけだ」

「俸禄米は増えないわけですね」

「減らされることはあっても、増えることはない。そして武士は、何といっても格式を重んじる。武士は食わねど高楊枝なんていう言葉があり、武士の美学のように言われているが、私に言わせればただのやせ我慢だ。私の実家もご多分に漏れず、槍持ちと中間を一人ずつ、下男下女を一人ずつ、合計四人も雇っていた。別にいなくても、家族五人で炊事も掃除も庭仕事もできる。だが武士には、そうした身分のものを雇う決まりがある。親戚づきあいにも、無駄なお金がかかる。とうぜんお金が足りなくなる。足りなくなると札差からお金を借りる。札差というのは米を現金に換えてくれる者のことだ。あと三月もすれば俸禄米が入るから、それまでこれだけのお金を貸してくれと。しかしこれがなかなか返せない。借金だけがかさむ。仕方なく傘張や裁縫や野菜栽培などをする。敷地内に借家を立てて、賃料を取る武士もいる。しかしそれでもお金が足りない。借金していない武士はいないと言ってもいい。日陰町のお屋敷に住んでいる武士も同じだ。毎日考えることと言えば、お金のことだ。世の中のことなんて考えている暇がない。私は手習いの師匠になって本当によかったと思っている」

あんな豪勢なお屋敷に住んでいて……逵平は言葉も出なかった。

「今は武士の時代じゃない」と春日は続けた。「力は完全に商人の手に移っている。それもひとにぎりの豪商だ。これからは金儲けの才があり、なおかつ諸外国の事情に詳しい人が日本を引っ張っていくと私は思っている。新太郎に質屋奉公を勧めた理由は、ここにあるんだ。新太郎が奉公する質屋高砂は、尾張町でも三本の指に入る大店だ。ちなみにきよも私の手習いに来ていた。きよに武家奉公をやめるよう助言したのも私だ」

当時の江戸では、手習い（寺子屋という呼称は主に上方で使われていた）の師匠は周囲から尊敬される存在だった。読み書き算盤を教えるだけでなく、道徳や生き方まで幅広く子供たちに教えた。人生の師的な意味合いが濃かった。

武家奉公は、当時の町娘の最高の出世コースだった。その頂点は大奥へ奉公に上がることである。親もそのために、これはと思う娘には幼少のころから読み書き算盤だけでなく、踊りや武芸や裁縫を習わせていた。

もちろん遼平はこうした事情は知らない。しかし春日洋之助が何を考え、どう生きていこうとしているのか、遼平にもおぼろげながら理解できた。春日の言っていることは正しい。あと三十数年で武士の世は終わるのだ。これが『大人の話』だったのか。

「将棋の話に戻ろう」

春日は火鉢のなかの炭を、金属製の棒でつついてから続けた。

「遼平さんの顔を見ればわかる。あなたはとにかく強い人と指したい。そういう気持ちでいっぱいだと思う」

「はい、おっしゃる通りです」

「しかし素人衆には、素人衆というのは簡単に言えば将棋三家の家元と、その弟子以外はということだが、あなたのような強い人はまずいない。いや、あなたが仮に弟子になれたとしよう。しかしそこで、思う存分将棋が指せるかどうか……」

「どういうことですか」

「さっき話したとおりだ。家元は幕府から俸禄をもらっている。武士と同じ病にかかっているんだ。格式や体面にこだわり、素人衆の将棋とは違う、もっと奥の深い将棋を指しているのだという自負が、家元とその弟子たちにはある。弟子たちは、素人衆と気楽に将棋を指してはいけないと家元から釘を刺されている。住む世界を、我々とは分けてしまっているんだ。これがいけないと私は思っている」

春日の頬が紅潮している。

春日は遼平をじっと見据えて続けた。

「俸禄なんか蹴飛ばして、大店に援助してもらえば、もっと気楽に自由に将棋が指せると私は思っている。弟子たちも素人衆と自由に指し、定跡や手筋を教えてあげて指導料をもらう。そうすれば、弟子たちも潤うし我々も喜ぶ……しかし、家元はそうしない。幕府の俸禄に未だにしがみついている。いや、それで十分に暮らしていければ問題ないが、弟子になっても、家元から給金をもらえるわけじゃない。実家からの仕送りでやっと暮らしているような有様だ。こんな世界に入っていっても、遼平さん、あなたはきっと後悔すると思う。確かに強い人と将棋は指せるだろう。しかしそれだけだ。弟子たちの多くがどういう一生をたどるか、あなたは知ってますか」

「いいえ……」

「十歳くらいまでに弟子をやめれば、奉公先は見つかるだろう。しかし二十歳すぎて弟子をやめても、行き場がない。実家に帰って家業を継ぐか、あるいは印将棋に手を出して命を縮めるかだ」

「印将棋と言うのは？」

「賭け将棋のことだ。お金をかけて将棋を指すのだ。一局一両とか」

「そういうのがあるんですか」

「賭け事は法度。見つかれば重罪。しかし江戸では、普通に行われている。お役人に踏み込まれても、お金を握らせればそれで事なきを得る」

「三家のお弟子さんなら必ず勝つでしょうから、儲かるんじゃないですか」

「ところが、そううまくはいかないんだ」

春日は盤面を指さした。

あっと逵平は声を上げた。

「そういうことだ。私は逵平さんに二枚落ちで負けたが、四枚落ちで勝った。印将棋は平手戦ばかりじゃない。強いとわかれば、必ず駒を落とせと要求してくる。落とさなければ勝負しないと言われれば、そうせざるを得ない。結局、負ける。いくら強くても印将棋で勝ち続けることはできないんだ」

四枚落ちで対局した理由が、今わかった。

春日はさらに続けた。

「賭け事は、というより勝負事は、修羅の世界だ。一度そこへ入りこむと、抜け出すのは難しい。ひたすら勝ち続ける夢を見るようになる。それ以外、何も見えなくなってしまうのだ。遼平さんはまだ、いろいろなことが見えている」

修羅の世界……令和の時代でもそれは同じだ。将棋のプロになるためには、いやプロになった後も、勝つために骨身を削る。

四段に昇段できれば棋士。つまりプロ。棋士になった後も、苦しみが続くことはもちろんわかっている。しかし三段リーグにいると、このまま永遠に棋士になれないのではないかという恐怖にさいなまれる。誰でもそうだ。どこにいても、何をしていても、この恐怖は心のなかに居座っている。

——ひたすら勝ち続ける夢。

まさにそうだ。全員がその夢を見ている。

満二十一歳の誕生日までに初段、満二十六歳の誕生日を含むリーグ終了までに四段になれなかった場合は、奨励会は退会となる。もう少し細かな規定はあるが、全員がこの年齢制限を意識して対局している。

——四段になれなければ人生は終わる。

もちろん終わるわけではない。別の人生がそこからまた始まるのだ。しかしそう思って対局している奨励会員はいない。

遼平は十五歳。今期、三段リーグにいる三十三人のなかでは最年少。半数以上が二十歳を超えている。今期で昇段できれば、中学生でプロ入りということになる。過去の中学生棋士は五人しかいない。

神武以来の天才と言われた加藤一二三九段。光速の寄せで有名な谷川浩司九段。七冠を達成したことのある羽生善治九段。史上最年少九段になった渡辺明三冠。そしてプロデビュー以来二十九連勝を達成した藤井聡太七段。（いずれも令和元年九月の時点）

一九七七年から始まった棋士番号制度によれば、引退や物故棋士も含めると棋士なった人は三一八人。そのなかのたった五人。

六人目の中学生棋士誕生か、と遼平も騒がれている。しかし遼平の心は、不安と恐怖で打ち震えていた。若ければ安心というわけではない。恐怖感は同じだ。現に一期目、二期目と昇段を逃した。

三段リーグで上位二人に入らなければ、永遠に四段にはなれない。三段リーグは一年に二回。つまり年に四人しかプロになれないのだ。

遼平は二百年近く前の江戸にいる。江戸に来てからちょうど一週間。令和でも同じ時間が過ぎ去っているとすれば、斎藤武史三段との対局まであと一週間。

それまでに戻れなければ遼平は不戦敗。午後からの対局も不戦敗。一勝五敗。残りを全勝して十三勝五敗とすれば、昇段の可能性はある。実際に前期と前々期は十三勝五敗の成績で昇段を果たしているからだ。

だがこれは、都合のいい解釈。勝手な願望。あと一週間以内に戻れなければ、史上六人目の中学生棋士になる夢は潰え去ると見ていい。いや、このままいけばプロになる夢そのものが消えてしまう。

春日の声が聞こえてきた。

「仕事を他に持っていて、将棋は道楽で指す。そしてときどき、大店の旦那や若旦那に手ほどきをしてあげてお金をもらう。遼平さんなら、このやりかたが最適だと私は思っている……しっかりと未来を見つめて生きる。遼平さんのお祖父さんは、そういう願いを込めて、遼平と名付けたのではないですか」

13

井戸端に通じる戸を開けると、目の前は真っ白になっていた。

細かな雪が降り続いている。遼平は空を見上げた。鉛色の空に、無数の小さな白い粉が舞っている。

朝食後、遼平は洗って畳んであるジーンズを穿き、ベルトを締めた。褌の上からベルトを締めるのはやりずらかったが、この寒さではジーンズを穿くしかない。滑らないように草履をやめて下駄にした。

井戸端にはすでに三人の女たちがいた。足元から冷気が吹きあがってくる。

「あら、おはよう。遼平さん」

隣に住む三十代の女性が言った。

この人のご主人は棒手振り。きよが教えてくれた。

「おはようございます」

遼平も元気よく挨拶して、いつもの通り井戸水を盥に汲み、野菜洗いを始めた。間もなくきよが来て、隣で洗濯を始めた。

「粋な股引だね」

もう一人の女性が言う。この人のご主人は大工の甚五郎である。

「寒いですからね」

遼平は笑顔で言う。

「いい色だよ。うちの人の股引に似てるけど……生地は何でできてるんだい」

「綿だと思います」

「ちょっと見せて」

もうひとりの女性もやってきて、三人で遼平のジーンズに触る。

「厚手で丈夫そうな生地だ」

「この綾織りは、初めて見たよ」

「何とも言えない、いい紺色だね……どこの古着屋で買ったんだい」

「杉戸宿です」

「こんな織物が、杉戸宿にはあるんだね。実家へ帰る機会があったら、あたしに一本買ってきておくれよ」

甚五郎の奥さんが言う。

「わたしもお願いしようかしら」

「わたしもお願い」

「はい、わかりました」

いつ帰れるかわからない。永遠に帰れないかもしれない。

めちゃくちゃ寒いが、誰も文句を言わない。きよも隣で黙々と洗濯している。井戸端には屋根があるが、細かい雪が吹き込んでくる。女たちの肩にも被り物をしている頭にも雪が降り積もる。指の感覚がなくなってきた。

「遼平さん、今日はこれくらいにして、お茶でも飲もう」

「ふう、ありがたい」

遼平は立ち上がる。

「蟻が鯛なら芋虫ゃ鯨さ」

甚五郎の奥さんが言う。

「ありがたいなら……」

「芋虫ゃ鯨」

「ありがたいならいもむしゃくじら……」

「そう」

女たちが笑う。

例の秀句だということがわかった。

「お先に」

ときよが言う。

「お先に失礼します」

と遼平も言った。洗った野菜を籠に入れると、頭と肩に積もった雪を払い落として、きよの後から長屋に入った。朝食を食べた部屋に重兵衛とおかみさんと新太郎が揃っていた。

「新太郎さん、手習いは行かないの」

土間で遼平は聞いた。

「雪の日はお休みなんだ」

「そうなんだ」

「今ね、おとっつぁんとおっかさんに、お師匠さんのこと話していたんだ。遼平さんはお師匠さんと、大人の話をしたんでしょう。教えて」

新太郎が笑顔で聞いてくる。

うん、うんと遼平はうなずいて畳に上がった。部屋の中には火鉢しかなかったが、すごく暖かく感じた。

「こうしてみると、その股引も悪くないな」

重兵衛が言う。

「さっき井戸端で、同じことを言われました。実家へ帰ったら同じものをお土産に買ってきてくれと」

「実家のこと、思い出したのかい」

おかみさんが聞く。

「いいえ……」

遼平はうつむいて首を横に振った。

「遼平さん、お師匠さんとの話、教えてよ」

新太郎が言う。

みんなで大きな火鉢を囲んでいる。

「すごく立派なお師匠さんだと思った」と遼平は切り出した。「私の将来を、親身になって心配してくれて、いろいろアドバ……指南してもらったんだ」

「おいらも指南してもらったよ」

「将棋のことを言われた。私があまりに将棋に夢中になっているから、それはあくまでも道楽でやれ。仕事は別に持て。そんな意味のことかな」

シーボルトのことは言わないほうがいい、と逐平は判断した。

「将棋は、逐平さんのほうが強かったね」

「うん。二枚落ちでも勝った。四枚落ちでは負けたけどね」

重兵衛とおかみさんは、ほう、という顔をする。

逐平は新太郎の顔を見て続けた。

「将棋三家というものがあって、そこの弟子たちは確かに強いけれども、弟子になっても給金はもらえない。実家からの仕送りに頼っている有様なので、そういう世界に飛び込んでいくのは賛成しないと言われた」

「そうか、やっぱりな」

新太郎は、したり顔でうなずく。

「将棋三家のことは、私も聞いたことがある」と重兵衛。「将棋に滅法強い子供が、江戸中から集まってくる。内弟子には新太郎より年下の子供もいるらしい」

「内弟子さんは何人くらいいるんですか」

「さあ、何人いるかな……」

「その内弟子さんたちも、家元から給金をもらえないんですね」

「もらえないと聞いている。将棋三家は軽い身分だ。俸禄だけでは、家元維持がせいいっぱいだろうな」

春日洋之助の話と合っている。

収入的には、現代の棋士とはかなり様子が違っていることがわかった。現代では四段以上の棋士になれば、対局するごとに対局料と呼ばれる収入がある。対局はクラスごとにある順位戦の他にも、八つのタイトル戦がある。タイトル戦ではない棋戦もいくつかあり、それらに勝ち進めば、さらに収入が増える。

「どうだい、遼平さん」おかみさんが言う。おかみさんの手も、きよの手も、真っ赤であかぎれができていた。「うちで続けられそうかい」

「はい、ありがとうございます。置いていただいて、とっても感謝しています。あの……私は役に立っているでしょうか」

「そりゃ、立ってるよ。慣れない野菜洗いも、しっかりやっている。お客さんの扱いだって初めてだろうけど、なかなかどうして、うまいもんだ。仙太郎さんもあんたが気に入っているようだ」

仙太郎の目当ては、自分よりきよだと思ったが言わなかった。

「きよも新太郎も、おまえさんのことが気に入ってる。どうだい、この店で当分の間、働いてみないかい」

逸平はきよと新太郎を見る。

二人とも真剣な顔をしている。

「当分というのは言葉の綾だ」重兵衛は言う。「ずっと続けてくれというのと同じ意味だと思ってくれ。一年もすれば給金もあげられる。他に行く当てがあるんなら別だが」

「いいえ、どこへも行くところはありません」

「とうきょうがどこか、自分が何をしていたか、やっぱり思い出せないか」

「はい」

「じゃ、ここにいなさい」

「こちらこそ、よろしくお願いします」

逸平は後ろへ体を引き、畳に手をついて頭を下げた。

将棋は道楽、将棋は道楽……逸平は頭のなかで呟いた。

「今日は店じまいだ。ささやかだが、お祝いをしよう」

重兵衛が言うと、きよと新太郎は歓声を上げた。

14

逐平は布団に寝転がると、大きなため息を三回ついた。

さっきまでの余韻が、まだ残っている。

五人だけの、こぢんまりしたお祝いかと思ったが、そうじゃなかった。おかみさんが大家さんを呼びに行き、大家さんが裏長屋の人たちに声をかけると、みんなが部屋に集まってきた。十五人くらいになった。肩と肩が触れ合うくらい。

大家さんとは一度だけ、おかみさんと挨拶に行ったときに顔を合わせた。五十歳くらいの、目の優しい男の人だった。名前は吾助。奥さんは小柄でほっそりした人。

「逐平さん、めでたいねぇ」大家さんが言う。「この長屋も、一時は店子が少なくなってうらぶれたけど、重兵衛さんが通りで煮売茶屋を始めてからは、ずいぶんと賑やかになった。うれしいことだよ。そして今度は、逐平さんという若い衆が加わった。いいねぇ、若い人は。うんと稼いで、この長屋を盛り上げておくんなさい」

逐平は、はいと言って頭を下げた。

「さすがは吾助さん、いいこと言うねぇ」

甚五郎が言う。

雨の日と雪の日は、大工仕事は休みだと言う。

「将棋が強えのは、頭のいい証だ。重兵衛さんとこじゃ、親類縁者、みんな頭がいいときやがる。うらやましいもんだ」

「あんたは、頭はどうか知らんが腕はいい」

大家さんが言う。

「どうか知らんが、というのは余計でさぁ」

みんなが笑う。

おかみさんときよが、酒と肴を運んできた。

お店で売るはずのものだが、それをお祝いに使ってくれるようだ。きんぴらごぼう、納豆、小魚、おから、切り干し大根、浅蜊……それらをちいさなお皿に小分けして、みんなの前に置く。お酒もふるまわれた。

お酒が入ると、みんなの口数が多くなった。男も女も、早口でひっきりなしにしゃべっている。その合間に、食べて飲む。

相撲や歌舞伎役者の話題が多かったが、遼平も知っている江戸時代の人気作家、滝沢馬琴や十返舎一九の話も出てきた。

初めて見る顔もあった。質問されたことには、遼平は自分の言葉でしゃべった。お国訛りは気にしなくてもいいときよに言われたからだ。

女の人は五人。みんな井戸端で顔見知りだ。男は十人。若い人で二十歳くらい。一番の年長は大家さんで五十一歳。独身の男が多かった。子供たちは来ていない。

みんな笑顔で、嬉しそうに遼平を迎えてくれている気がした。こういう近所のお祝いというのは、遼平は経験したことがなかった。自分のために、こんなに喜んでくれているんだと思うと、うれしさがこみあげてきた。

印象に残っている記憶がふたつ。

一つ目は、二時間くらいしてから、お鮨が出てきたこと。おかみさんときよが、雪のなかを近くの屋台まで買いに行ってくれたのだ。

江戸に来て初めてお鮨を食べた。ネタもご飯も大きいが、乗っているものは現代とほとんど変わっていなかった。こはだ、穴子、アジ、赤貝、サバ、エビ……酢が利いていてものすごく美味しい。遼平は五個も六個も頬張った。

きよは遼平の隣にいて、料理を取ってくれたり、お茶を入れたりしてくれた。ときどき目が合うと、お互いに微笑んだ。

もう一つは、お鮨の後、大家さんが『はうた』を披露してくれたこと。待ってましたぁ、と甚五郎が威勢のいい声で言う。

遼平がきよの顔を見ると『端唄』という字を書くのだと教えてくれた。遼平が首をかしげると、江戸の流行り。上方の人も知らないと思うわ、と言って笑った。

大家さんの奥さんが三味線を持って戻ってきた。

二人は壁際に並んで座った。他の十三人はその周りに、身体をぴったり寄せ合って座った。やがて三味線が鳴り、大家さんの声が聞こえてきた。

高い声だった。三味線の音に合わせて、声に抑揚をつけて歌う。大声を張り上げたりしない。三分ほどで終わった。もういっちょうの掛け声。

大家さんは奥さんに合図する。二曲目が始まった。歌詞はわからなかったが、声の調子は一曲目より物悲しかった。

「さすがは芸達者の吾助さんだ」唄が終わると甚五郎が言った。「その歳で、流行りの端唄を覚えるなんざぁ、てえしたもんだよ」

「その歳で、というのは余計だよ、甚さん」

またみんなが笑う。

「遼平さんは、唄はやらないのかい」

甚五郎の奥さんが聞いてきた。

「カラオ……いや、歌ったことはありません」

「そうかい、端唄はいいよ。ああいう人だって、人気者になれるんだから」

大家さんを見て言う。

「ああいう人というのは、何だい」

大家さんが口をとがらせて言うと、またみんなが笑う。

「遼平さん」

暗闇のなかで声がした。

「遼平さん、起きてる？」

もう一度、声が聞こえた。きよの声。土間のほうだ。

遼平は布団の上で半身になった。

「おきよさん？」

「うん、そう。一つだけ聞きたいことがあって……」

明かりも何もない。

暗闇のなかに声だけがする。

「いいよ、何？」

「楽しかった？」

「うん、とっても楽しかったよ……どうして？」

「少し寂しそうな顔をしていたから……」

闇の奥を、遼平は見つめていた。やがて、

「そんなことないよ。本当に楽しかった」

と言った。

「そう……よかった」

また少し間ができた。

「おやすみなさい」

という声が聞こえてきた。

「おやすみ」

と遼平は答えて布団に身を横たえた。

15

予定通り朝食後は野菜洗い。

風が冷たくてすぐに手の感覚がなくなったが、我慢して洗い続けた。

残雪は少なく昼頃には解けた。道もほとんどぬかるんでいない。昼ご飯のとき、遼平は重兵衛に言った。

「旦那様、明日のお昼ご飯の後、少し時間をいただきたいのですが」

今日からここで正式に働くようになったので、旦那様と呼んだほうがいいのかなと思った。きよと汐留橋に行ったとき、町中でこの言葉を聞いたことがあった。

「かまわないが、身体でも悪くしたか」

「いいえ、行きたいところがあるのです」

「ほう、どこだねそこは」

「千駄ヶ谷というところですが……」

「千駄ヶ谷……内藤新宿にある千駄ヶ谷のことか」

「……だと思います」

内藤というのはわからない。しかし新宿と千駄ヶ谷は近い。

全員が箸を止めて遼平を見た。

「そこに住んでいたのかい？」

とおかみさんが聞いてきた。

「それがまだよく思い出せなくて……昨日の夜、ふとその地名が頭に浮かんだのです。鳩森八幡神社という名前も思い出しました」

重兵衛とおかみさんは顔を見合わせる。

「千駄ヶ谷にある八幡様と言えば、千駄ヶ谷八幡宮だけどねぇ」

とおかみさんが言う。

「千駄ヶ谷八幡宮……たぶん、それだと思います」

「そこへ行きたいのかい」

「ええ、はい……」

新橋から千駄ヶ谷までは、東京メトロとJRを使って二十分程度。

歩いて行けるかどうか。

「道はわかるのかい」

「いいえ……地図があれば貸していただきたいのですが」

また全員が顔を見合わせる。

おかみさんが口を開いた。

「江戸の地図はあるよ。しかし、遼平さんひとりじゃ無理だよ。おきよ、おまえが一緒に行ってあげなよ」

「うん、わかった」

きよはそう言うと、笑顔で遼平を見た。

「心配しないで、わたしが道案内してあげるから」

「でも仕事は……」

「だいじょうぶ。新太郎がその分、頑張ってくれるから」

「任せておきなよ。お土産は最中がいいなぁ」

「こら、おまえはいつもそうなんだから」

笑いがはじけて、またみんなの箸が動き始めた。

「時間はどのくらいかかるの？」

食べながらきよに聞いてみた。

「片道、一時はかかるわ」

一時（いっとき）は二時間。

やっぱりかなり距離がある。しかし、どうしても行きたい。


「行ってきます」

「行ってらっしゃい」

という声を掛け合って、きよと遼平はお店を出た。

きよはいつもとは違う着物を着ている。黒っぽい地で裾に小さな模様。襟元に赤、歩くと裾がめくれて赤い色が見えた。髪には銀色の簪。黒い下駄に赤い鼻緒。

遼平はジーンズの上に着物を羽織った。履き物はいつもの草履。

「可愛いね、おきよさん」

遼平が言うと、

「……可愛いって、何ですか」

と聞いてきた。

「えっと……美人だってことだけど」

「とうきょうの言葉？」

「そういうこと」

「色娘だって言ってくれるとうれしい」

小声で言う。

「エロムスメ……」

「違う。エロじゃなくてイロ」

「イロムスメ……」

しかしこの言葉も、何となく言いにくい。

「そう……言って」

「……おきよさん、イロムスメだね」

きよの頬が真っ赤になった。

そのまま小走りに駆けていく。遼平は後を追った。

この前、きよと行った汐留川に来た。

目の前には真ん中が高くなっている新橋。たくさんの人が橋を渡っている。棒手振りがいちばん多い。棒の先端に四角いものをくくりつけて走って行く男を見た。たぶん飛脚というのだろう。

荷物を担いだ人もいた。子供もいた。武士の姿もあった。カラン、カランという下駄の音が地響きのように聞こえる。

新橋を渡ると、お店がたくさん建ち並んでいる通りを進んだ。日陰町と違って、両側にお店がある。かけ声や笑い声が飛び交う。人通りも多い。屋台もたくさんある。

「遼平さん」

ときよが隣で言った。

「うん、何？」

「もしかして、御城を見たことがない？」

「御城……というと江戸城？」

「そんな言い方をするようじゃ、見たことないんだね」

遼平は渋い顔をしてうなずいた。

「少し回り道になるけど、内濠に沿って歩いて行こう」

お店が立ち並んでいる通りを左に折れると、また川に出た。目の前に木の橋がある。橋を渡ると風景が一変した。お店や屋台がなくなり、武家屋敷だけになった。

「ここは阿部播磨守様のお屋敷……ここが松平肥前守様のお屋敷」

歩きながらきよは言う。

「よく知ってるんだね」

「この辺の人は、みんな知ってる」

「そう言えばさ」不思議に思って聞いてみた。「武家のお屋敷って門に表札がないね。日陰町の武家屋敷にもなかったと思うけど」

「ヒョウサツって何？」

「名前が書いてある木の札のこと」

「門札のことね。お武家様のお屋敷には、そういうものはないの。昔からそう」

「へぇ」

「とうきょうじゃ門札があったの？」

「たいていはあったと思う……名字だけの家も多かったけど」

それにしても、豪壮な屋敷だ。日陰町の武家屋敷より大きい。通りを進み右折した。そのとき、目の前に巨大な石垣が見えた。

江戸城だというのはすぐにわかった。時代劇で何度か見たことがある。きよと遼平は濠まで歩いて行った。

「すげえ……」

「すげえ？」

「うん、とにかくすげえ」

汐留川の何倍も幅が広い濠。その濠の対岸は石垣になっている。石垣の上には松の林が続いている。そしてこちら側の岸には桜の並木。

この季節だから、葉も花もない。しかしごつごつした木の地肌を見れば、桜の木だとわかる。

春になれば、このお濠端できれいな桜が見られるのだろう。

「わたしの爺様の爺様のそのまた爺様が生きていたころは、天を衝くような真っ白い天守閣があったと聞いてる。でも火事で、焼けてしまったんだって」

「そうなんだ。初めて聞いた」

「建て直すことも考えたみたいだけど、結局そうしなくて、そのお金を江戸の復興に役立てた。今の江戸があるのは、そのおかげ」

そう言われてみると、確かに天守閣らしいものはない。白壁の二階建てと三階建ての建物があちこちに見えるだけ。松林が途絶えて、建物も何もないところがある。

遼平は以前、家族旅行で松本城へ行ったことがある。そのときは城内に、ひときわ高い天守閣があった。今見ている江戸城は、石垣がところどころ崩れていたり、屋根に草が生えている建物があったりして、どこか古めかしい。

この江戸城がいずれ皇居になる。皇居には将軍ではなく天皇が住んでいる。今から三十数年後には、そうなるのだ。きよには想像もできないだろう。

五分ほど歩くと、右側に豪壮な門が見えた。門までは橋ではなく、広い石垣の通りになっている。門は閉まっていて、槍のようなものを持った門番が左右に二人見えた。遼平が門を見ながら歩いていると、

「あれは外桜田門よ」

ときよが教えてくれた。

あっ、と遼平は思った。桜田門外の変……井伊直弼がここで暗殺されたのだ。あの事件は倒幕直前だから、今はまだ起きていない。

この外桜田門は今でもある。目の前にある光景とよく似ている気がする。石垣と白壁の塀の真ん中に門があり、右側にやはり白壁の建物がある。江戸というのは、令和の東京にも、こんなに色濃く残っているのか……。

お濠に沿って、そのまま歩いて行った。

「瓦版だよ、瓦版だよ。境町の芝居小屋で、明日から歌舞伎が始まるよぉ」

通りで紙の束を持った男が声を張り上げると、すぐに周りに人だかりができた。

「おくれ」

「わたしにもおくれ」

という声が上がる。

きよは隣で、ときどき笑いかけてくる。遼平も笑みを返した。道のあちこちに一昨日の雪が残っていたが、いつの間にか身体がポカポカしてきた。

武家屋敷が途絶えると、お店がたくさん並んでいる通りに出た。日陰町と似ている。

「お八つにしましょう」

きよは、屋台のひとつを指さす。

「お蕎麦?」

「そう、蕎麦切り」

歩いたせいで、少しおなかが空いてきた。江戸で蕎麦を食べるのは初めて。

「らっしゃい」

若い男が、笑顔で声をかけてきた。

「蕎麦切り、二杯くださいな。熱くして」

「あいよ」

隣には二人の男がいて、立ったまま蕎麦を啜っている。

すぐ近くにも屋台があり、鮨や天ぷらや烏賊焼きなどを売っている。美味しそうな匂いが漂っている。

「はい、おまちどお」

若い男がどんぶりに入ったそばを差し出す。

遼平が受け取り、きよがお金を払う。

「うん、うまいね、これ」

遼平は言った。

量もおつゆも少ない。しかし麺に歯ごたえがあり美味しい。

「気に入った?」

「うん、蕎麦は大好きなんだ」

「とうきょうにも蕎麦屋さんがあったのね」

「あったよ。たくさんあった。うどん屋さんもあった」

「うどんはわたしも好き」

顔を見合わせて笑う。

すごく癒される気がした。

遼平には彼女はいない。作ろうとも思わなかったし、相手から付き合ってほしいと言われたこともなかった。

授業中でも、ふっと気がつくと将棋の盤面が目の前に浮かんでいるし、放課後は部活もしないでまっすぐ家に帰る。宿題を特急で済ませた後は、将棋盤を前にして、棋譜を見ながら駒を動かしたり、パソコンを起動してＡＩと指したりする。夕食を十分くらいで済ませるとすぐ部屋に戻り、また将棋。

いつも心にトゲが刺さっているような気持ちでいた。将棋以外の何をしていても落ち着かない。誰かと長い時間、一緒にいることがもっとも苦手だった。話している最中に、自分の世界に入り込んでしまうのだ。

一度入ってしまうと、相手の言葉が耳に入らなくなる。聞いているつもりでも、意味がわからなくなる。相手はやがてそれに気がつき、じゃあなと言って手を上げる。以後は誘われない。

でも今日は違っていた。

心の何処にもトゲは刺さっていない。自分の世界に入り込むこともない。

蕎麦を食べ終わると、太陽が傾いた方角へ向かって歩き始めた。

千駄ヶ谷八幡宮に着いたのは、それから一時間くらい経ってからだった。

朱色の鳥居があった。その両側には朱色の木の柵が伸びている。鳥居の前は広い通りになっていた。通りの反対側には武家屋敷。左側にも武家屋敷。しかし右手には田畑が広がっていた。

たくさんの人出があった。馬に乗って来ている人もいた。杖をつき笠をかぶった人も何人かいた。遼平はしばらく鳥居の外に立っていた。

「何か思い出したの？」

きよが聞いてきた。

「これから確かめてくるよ」

と遼平は言った。

令和の鳩森八幡神社には、何回も行った。将棋会館のすぐ目の前にあるからだ。奨励会に入会できたときは、プロになれますようにと将棋堂でお祈りした。しかしこの時代には将棋堂はない。社殿も境内も、記憶にあるものとは違っていた。

しかしここが鳩森八幡神社なら、幕末も令和の時代も変わらないものが何かあるはず。遼平は鳥居をくぐった。

境内にはたくさんの人が参詣に来ていた。武士の姿もある。鳥居の右手が小高くなっている。山のふもとに里宮があった。遼平は笠をかぶった男の後について、石の急な階段を登って行った。きよはすぐ後ろを登ってくる。

細い道だった。岩がごつごつしていて歩きにくい。両側に縄が張ってあって、それにつかまれるようになっている。途中に小さな洞窟があった。さらに登っていくと山頂に着いた。そこには奥宮があった。

同じだ、と思った。ここは富士塚。富士山を模して境内に造られた山。令和の鳩森八幡神社にもこれと同じものがある。

「遠くまでよく見える」

きよが隣で言う。

「うん、よく見えるね」

そう言いながら、遼平は境内を見回した。

もうひとつ、令和の時代にも存在しているものを見つけた。

遼平は富士塚を降りると、赤い鳥居がいくつも連なっている道を歩いた。

大きな銀杏の木の下で、遼平は立ち止まった。きよも立ち止まる。銀杏の木は枯れた太い枝を、青空に突き刺すように伸ばしていた。

「同じだ……」

遼平はつぶやいた。

太さは少し違うが、これから百八十八年後も生き続けている銀杏の大木。

「昔のこと、思い出したの？」

「うん」

未来のことかもしれないけど、と心のなかで呟く。

遼平は空高く伸びている枝を、じっと眺めた。

間違いない。自分の今いるここが、あの鳩森八幡神社だ。そしてこの木と、富士塚の位置からすると、将棋会館は後方にある。

「ごめんね、おきよさん。もう少し付き合ってくれる？」

「うん、いつまででもいい」

初めにくぐった鳥居のところまで戻った。周りを見回してから、鳥居をくぐり通りに出た。少し歩いて右に折れた。

目の前にあるのは白い塀に囲まれた武家屋敷。ひときわ豪壮な門。塀の上に二階建てのお屋敷が見えた。屋根の瓦が日の光を浴びて黒く光っていた。

この場所だ。

将棋会館がここに建てられたのは一九七六年。今から百四十五年後。そして、遼平が三段リーグを戦っている令和元年まで、それからさらに四十三年……。

目の前に五階建ての会館がよみがえった。入口にある『将棋会館』と刻まれた銘石。赤煉瓦の壁。ここに、自宅がある北千住から五年間通い続けたのだ。

遼平は目を閉じた。

――さよなら、将棋会館。さよなら、奨励会。

自分はこの江戸で生きていくしかない。

「思い出したよ」

遼平は目を開けると言った。

「このお屋敷に御奉公していたの？」

「いや……忘れたほうがいいんだ」きよに向き直る。「おきよさんのところで、ずっと働かせてほしいんだ」

きよの目がキラキラしている。

「遼平さん」

「うん？」

「すごくつらそうな顔をしているけど……」

「そんなことないよ。ほら」

遼平はにっこりすると、福笑いを真似て、目を吊り上げたり、頬っぺたをふくらませたりした。きよは泣いたような、笑ったような顔をする。

「帰ろう。どこかで、最中を買わないとね」

そう言って遼平は歩き出した。

16

それから二週間が経過した。

たまに暖かい日があったかと思うと、翌日はまた寒い日に戻る。しかし確実に、少しずつ暖かくなっていくのを感じた。

梅の花が咲き始めた。武家屋敷の塀の上に、赤や白やピンクの梅の花が見える。梅の木はお屋敷に何本もあった。ときどき、枝に鶯が止まっているのが見えた。

髪も伸びて、総髪と呼ばれる髪型にすることができた。しかし、令和風にアレンジしてハーフアップにしてみた。ジーンズは、晴れた日に洗って乾かし、そのまま穿き続けた。

褌はどうにも好きになれなかった。それをきよに言うと、タイムスリップしたときに穿いていたブリーフと同じものを、手ぬぐいで縫ってくれた。ウエストは紐でしばる形。二つを毎日洗って交替で穿いた。

遼平はお店で出す料理に、新しい提案をした。大根と烏賊の輪切りを一緒に煮込んだ烏賊大根。煮込んだ大根に乾燥した小海老を散らした海老大根。母がときどき作ってくれる料理である。

「どうなんだろうねぇ、うまいかねぇ」

と初めは半信半疑だったおかみさんは、烏賊大根を一口食べて、

「なるほど、こりゃいける」

と目を丸くした。

重兵衛ときよと新太郎も口に入れる。

「こりゃうまい」

「本当に美味しい」

「うん、うまい」

口をそろえて言う。

続いて海老大根も作ってみた。海老は煮込まないで、大根の上に散らすのが秘訣。

「どこで覚えたんだい、こんな料理」

と重兵衛。

「思いついたんです」

「もしかして、料理屋に奉公していたんじゃないかい？」

とおかみさん。

「姉ちゃんと遼平さんがいれば、この店は安泰だな」

新太郎が大人びた口調で言うと、きよは頬を真っ赤にして、

「なまいき言うんじゃないの」

新太郎が逃げると、そのあとをきよは追いかけていった。

重兵衛はお店の看板に、『名物烏賊大根』と『名物海老大根』と書いた。新しい料理はお客さんにも好評だった。売り始めた翌日には、その二品だけで百皿ずつ売れた。翌々日には百五十皿ずつ。

しかし三日目には、売り上げは百皿ずつに戻った。近所の煮売茶屋が一斉に真似をしたのだ。

そういうことなら、と遼平は言い、おかみさんに看板に赤で『元祖』という字を書き入れるよう提案した。

その提案がまた当たった。『元祖　名物烏賊大根』と『元祖　名物海老大根』。お客さんはひっきりなしに来る。二品だけで一日に三百皿以上売れた。

重兵衛とおかみさんは大喜びだった。

「こんなに売り上げたのは、初めてだよ」

「遼平のおかげだ」

お店を閉めたあと、おかみさんと重兵衛が顔を見合わせて、そんなふうに会話していたのを聞いて、遼平も嬉しさがこみあげてきた。

自分のことを『遼平』と呼んでくれたことも、うれしかった。余所者ではなく、家族として受け入れられたような気がした。

「だいぶ流行ってるねぇ」

仙太郎が来て言った。

「いらっしゃい」

遼平はぺこんと頭を下げて挨拶した。

「烏賊大根というの、あんたの発案だって話じゃないか」

「そうです」

「いい組み合わせだねぇ。昨日食べたんだが、まだ口のなかに味が残っている。今日もそいつをくれ。おっと、海老大根もだ」

「ありがとうございます。お酒もですね」

「商売上手になりやがって」

仙太郎は笑う。

遼平が威勢のいい声で注文すると、きよが二皿とお酒を持ってきた。

「いらっしゃい、仙太郎さん」

「おきよさん、こんなに繁盛した日には、あんたを口説く暇がない。いったい、どうしたもんかねぇ」

「このお店でたくさん食べて、たくさん飲めば、いい考えが浮かんでくると思います」

「おきよさんも、商売上手だ」

周りに座っている男たちが、いっせいに笑う。

遼平は縁台の間を急ぎ足で回る。食べ終わったお皿を棚に持っていき、ある程度たまると井戸端に持って行って洗う。その辺のタイミングもよくわかるようになった。お客さんは増えたが、遼平の手際もよくなった。

お客さんから代金を受け取る役もこなすようになった。一皿四文。十皿を超えても簡単な掛け算で済む。はい、四十八文、はい五十六文。

薄闇が迫ってきたころ、仙太郎が声をかけてきた。

「遼平さん、最近は指さないのかい」

「このとおり、忙しくなってしまったので……」

「まあ、確かにな。しかし、指したいだろう」

「いや、別に……」

将棋は道楽。そう心に決めた日から、指したいとは思わなくなった。

「私と指してもつまらないか」

仙太郎は烏賊大根の烏賊を、口のなかに放り込んだ。

「いいえ、そういうわけじゃ……失礼します」

お客さんが帰ったので、遼平は急いでお皿を片付け、縁台を拭いた。二人連れがそこに座った。烏賊大根と海老大根を注文する。

「強い人と指してみる気はないかい」

仙太郎のそばを通ったとき、また聞かれた。

「指しましたよ」

「ほう」

「新太郎さんが通っている手習いの師匠です。元水戸藩士で、藩でも五本の指に入っていたお方です」

「結果はどうだった？」

「四枚落ちで、負けました」

「二枚落ちでは？」

「勝ちました」

「それじゃ、私とあまり変わらないだろう」

二段くらい差がある、と思ったが言わなかった。

はい、二十八文。というおかみさんの声。遼平は、失礼しますと言って、お店のなかに入った。お皿がたまったので、井戸端で洗わなければならない。

重兵衛とおかみさんは、額に玉の汗を浮かべて料理を煮込み、でき上がると木製のオタマで器用にお皿に盛っていく。きよと新太郎がそれをお客さんに運ぶ。威勢のいい掛け声が辺りに響き渡る。

近所のお店の掛け声も聞こえてくる。棒手振りの声に交じって、子供たちが駆け回る声も聞こえてくる。

「将棋が滅法強いという評判のお武家さんがいるんだが、指してみないかい」

仙太郎の近くを通ったとき、また言われた。

「今は時間がありません」

「時間があれば指すということかい」

「ええ、まあ」

遼平はお皿を片付けながら、曖昧に言った。

「お店を閉めたあとなら、手が空くんだろう？」

「ええ、はい」

「夕食は？」

「宵五つには終わっています」

きよたちの会話によく出てくるので、いつの間にか覚えていた。

感覚的には午後八時ごろ。

「そうか、わかった」

仙太郎はそう言うと立ち上がった。

17

その翌日だった。

仙太郎は閉店間際にお店に来ると、さっそく誘ってきた。

木戸が閉まるまでなら、と遼平は言った。

「なあに、心配ない。大家には言ってある」

若い男が隣にいる。手に提灯を提げているが、月明かりがあるので灯はない。

夜四つ、つまり午後十時ごろになると、長屋の木戸は閉められて、自由に出入りができなくなる。ただし大家さんにひとこと言っておけば、開けておいてくれる。

日本橋までは遠いので、知り合いの古着屋の二階を借り受けたと仙太郎は話した。相手はそこで待っていると。

夕食時に、このことを重兵衛に言うと、快く承諾してくれた。

きよは心配して木戸まで見送りに出た。

満月が真上にあり、昼間のように明るかった。

通りはいつもより人通りがある。

「心配いらないよ。将棋を指すだけだから」

「遅くならないようにね」

「だいじょうぶ」

「気を付けて。起きて待っているから」

「おやおや、見せつけてくれるねぇ」

店の前で待っていた仙太郎は、近づいてきて言った。

きよは慌てて長屋へ戻っていった。

「一町くらい先にある、川村屋という古着屋さんだ。知ってるかい」

「なんとなく覚えています」

きよと外を歩いたときに、見た記憶がある。

一分もしないうちに川村屋という看板が見えた。

大きな店だった。間口が重兵衛のお店の倍くらいある。

木戸は開いていた。仙太郎は木戸を通り抜けると、お店の横の戸を叩いた。間もなく戸が開いて年配の男が顔を出した。

「これは、これは、越前屋の若旦那。お待ちしておりました」

「川村屋さんも、儲かっているようで」

「なんの、なんの、越前屋さんに比べたら蟻と鯛ほども違うとります」

年配の男は、ヘコヘコと頭を下げる。

「来てますか」

「はい、先刻から二階で」

「おまえはここで待たせてもらいなさい」

仙太郎は若い男に言う。

「へい」

若い男は入口の土間に立った。

仙太郎は、年配の男の後に続いて、急な階段を登っていく。遼平も仙太郎の後についていった。階段は行燈の火で明るい。

年配の男は、奥まったところにある障子を開けた。中には男が一人、火鉢に手をかざして座っていた。部屋はすごく明るかった。太い蝋燭が二本、床の間の前にあった。その手前に将棋盤と駒袋が見えた。

「お待たせいたしました」

年配の男が声をかけると、なかの男は顔を上げた。

髭面の骨ばった体つきの男だった。

「こちらが日本橋の呉服屋、越前屋の若旦那、立岡仙太郎さんです。そしてこちらが、昨日申し上げた中島遼平さんという将棋指しです」

仙太郎は正座すると、畳に手をつき深々と頭を下げた。遼平も仙太郎を真似た。

「うむ、拙者は加藤小五郎と申す」

男は軽く会釈をする。

お武家様だと仙太郎は言ったが、どうも浪人のようだと遼平は思った。お店で働いている間に、遼平にもその違いがわかるようになっていた。

俸禄をもらっている武士は身なりがきちんとしていて、月代がきれいに剃ってある。供の者も連れている。

春日洋之助のように、俸禄を離れても凜としている武士もいるが、加藤小五郎の月代は短い毛で覆われ、着物は襟の辺りが擦り切れ顔は脂ぎっていた。たぶん湯屋にもあまり行っていないのだろう。

「中島遼平と申したな。歳はいくつだ」

加藤はしわがれた声で聞いてきた。

「十五歳です」

「ほう、若いな。将棋は誰に教わったんだ」

「祖父です」

加藤小五郎は火鉢に手をかざしながら、ギラギラする目で遼平をにらんでいる。値踏みしているようだ。髭が顎の下まで伸びていた。

「印指しは初めてか」

遼平は意味がわからず、その目を見つめ返した。

「印将棋のことだ。聞いたことがあるだろう」

その言葉は、春日洋之助から聞いたことがある。

「どのようなものかは知っています。しかし私には、賭けるお金がありません」

「それはいいんだ。印金は私が払う」

仙太郎が横から言う。

遼平が黙っていると、

「気にしなくてもいい。あんたはただ、将棋を指してくれればいいんだ」と仙太郎は続けた。「見たいんだよ。あんたがどれだけ強いのか。お金はその木戸銭だ。歌舞伎や相撲を観るのといっしょだよ」

仙太郎は腰の巾着からお金を取り出して、畳の上に置いた。

小判のように見えた。あれが一両？

加藤はたもとをさぐり、同じものをその隣に置いた。勝者が二枚もらうという意味だなと遼平は思った。

「お金は欲しくありません。私は将棋を指したいだけです」

遼平は仙太郎に言う。

「あんたがそう思っても、相手はそう思ってくれないんだ。あんたとまともに勝負ができるのは、印金目当ての将棋指ししかいないんだ」

「じゃ、私は帰ります」

遼平は立ち上がりかけた。

「おっと、遼平さん」加藤が声をかけた。

「帰るんなら、この印金は拙者がいただくことになるが、それでいいのか」

遼平は仙太郎を見た。

仙太郎は何も言わない。加藤は続けた。

「ただで金が入るんなら、そんなうれしいことはない。然るに、武士には意地というものがある。何もしないで金をもらい受けるわけにはいかん」

遼平は再び仙太郎を見た。

仙太郎は何も言わないで、床の間にある掛け軸のほうを見ている。

「それとも何か」と加藤はさらに続けた。「あんたは将棋三家の弟子なのか。弟子なら確かに、外で印指しなんかしてはいけないと言われているからな」

「いいえ、将棋三家とは関係ありません」

「然らばここはひとつ、仙太郎さんの顔を立ててやるんだな。あんたはただ将棋を指せばいいんだ。言っておくが、拙者は強いぞ」

遼平は加藤の目をじっと見た。

「わかりました。一局だけです。手合いは平手でいいんですか」

「そうこなくっちゃ」

仙太郎は急に笑顔になり、ポンと遼平の肩を叩いた。

仙太郎は立ち上がると、床の間の前にある将棋盤を火鉢のところまで運んできた。

加藤と遼平は向き合うと、駒を並べ始めた。


（第9局1図　☖6二銀まで）

渋々始めたが、駒に触れるとわくわくしてきた。

「おぬしが先手でいい」

と加藤は言った。

印将棋でも、振り駒はしないようだ。

先手、遼平は☗2六歩。後手の加藤は☖3四歩。以下☗7六歩☖4四歩☗4八銀☖3二銀☗5六歩☖5四歩☗5八金右☖4三銀☗6八玉☖6二銀（1図）と進んだ。

加藤の出だしは、居飛車と振り飛車のどちらでも指せる駒組み。これは先手の指し方によって居飛車か振り飛車かを選べるので、後手番向きである。しかし☖6二銀で居飛車が決まった。現代でいう雁木囲いを目指しているのだろうか。

加藤は背筋を真っ直ぐに伸ばし、駒を指す手つきにも力がこもっている。ときどき手を口に持って行くのが癖のようだ。

1図以下指し手はよどみなく進み、▲2五歩△3三角▲7八銀△5三銀▲7九玉△2二飛！（2図）となった。

（第9局2図　△2二飛まで）

△加藤　持駒　なし

▲遼平　持駒　なし

陽動振り飛車（居飛車にすると見せかけて振り飛車にする作戦）だ、と遼平は思った。

これは現代のプロの公式戦では、滅多に見ることがなくなったもの。後手は玉の守りが堅くできないのが弱点だが、先手も穴熊など堅い囲いには組みにくい。どうやら加藤は力将棋にしたいようだ。望むところだ。

2図以下▲5七銀△6二玉▲3六歩△7二玉▲9六歩△9四歩▲7七角△5二金左▲4六銀△6四歩▲3七桂△6三金▲2六飛△3二飛▲3五歩△5一角▲4五桂（3図）と指し手は進んだ。

2図以降3図まではお互い作戦も決まり、しばらく駒組みをする手順。遼平は斜め棒銀を選んだ。振り飛車に有力とされている作戦である。加藤の方は堅く囲えないものの、金銀を三段目に配置して上部に厚い形で対抗している。

先手玉は堅く、まずまずの序盤戦。☗2六飛に対する☖3二飛が重要な受けで、☖7四歩だと☗3五歩☖3二飛☗3六飛で先手の攻めを止めるのは難しい。

（第9局3図　☗4五桂まで）

☗遼平　持駒　なし

☖加藤　持駒　なし

本譜の☖3二飛～☖5一角と、一手前に遼平の狙いに対応してくる辺りは、春日洋之助よりも棋力が上だと思える。

3図の☗4五桂で加藤は手を止めた。

手を口に持って行き、しばらくそのままでいる。

通常なら歩が利いているところに桂を跳ぶ手は無理があるが、☖4五同歩なら☗1一角成☖4六歩☗同飛で銀取りが残り、それを受ければ☗2一馬で桂が取り返せる。それでも先手駒損だが、自玉の方が堅いので、攻めが続けば先手優勢になる手順。

果たして加藤は☖4五同歩としてきた。以下、☗1一角成☖4六歩☗同飛☖4四銀直☗2一馬☖5二飛☗3四歩☖7四歩（4図）となった。

先手優勢には変わりないが、☖4四銀直～☖7四歩は粘り強い手順である。☗4六同飛に、銀取りを受けるなら普通は☖5二銀。しかし以下☗2一馬☖4二飛☗4三香で先手駒得となり優位が拡大する。

加藤はこれを見切ったとみていい。だから☖4四銀左から☖5二飛としたのだ。これは見えにくいし粘り強い受け方だ。

（第9局4図　☖7四歩まで）

☗遼平　持駒　桂香歩二

☖加藤　持駒　銀桂

☗2一馬とされた加藤は、早く反撃したいはずだ。しかし☖7四歩としたのは、その気持ちをじっと我慢した好手。これは☗7五桂の攻めを消しながら☖8四角の活用を見る一石二鳥の手。最初に感じた棋力よりも本当は強いのかもしれない。

☖7四歩に対して遼平が手を止めていると、加藤は腰から煙管を取り出した。

先のほうに葉を詰め火鉢の火を当てて吸い込んだ。白い煙がすうっと加藤の口のなかに吸い込まれ、すうっと鼻から出てきた。

「遼平さん」

と加藤は顔を上げて聞いた。

「はい」

遼平も顔を上げた。

「あんた、剣術はできるか」

「やったことがありません」

「江戸の三大道場の名前は知っているか」

「いいえ」

「然らば教えてやろう。一つ目は南八丁堀にある鏡新明智流の志學館。二つ目は神田お玉ヶ池にある北辰一刀流の玄武館、三つ目は九段坂下にある神道無念流の練兵館だ。拙者は玄武館で皆伝を許されている」

「カイデンというのは、何ですか」

「そんなことも知らないのか……まあ、いい。北辰一刀流の剣技を、すべて身につけたということだ」

「ケンギというのは何ですか」

加藤は目を剥いた。

「……江戸では、剣術が流行っている。百姓や町人も入門してくる。物騒な世の中になってきたということだ。おぬしもせいぜい気を付けるんだな」

加藤は床の間にある刀掛けのほうを見た。

大小二本の刀が掛けてあった。

加藤の意図を、遼平は理解した。

不思議と怖さは感じなかった。心も乱れなかった。

遼平はふっと短い息を吐いて気合いを入れると、▲4三馬とした。以下△8四桂▲8八桂△6五歩▲8六歩△7三角▲3三歩成△4六角▲同歩△3九飛▲3四と△5五歩▲4四と△同銀▲同馬△5六歩▲5五香△5七銀（5図）となった。


（第9局5図　△5七銀まで）

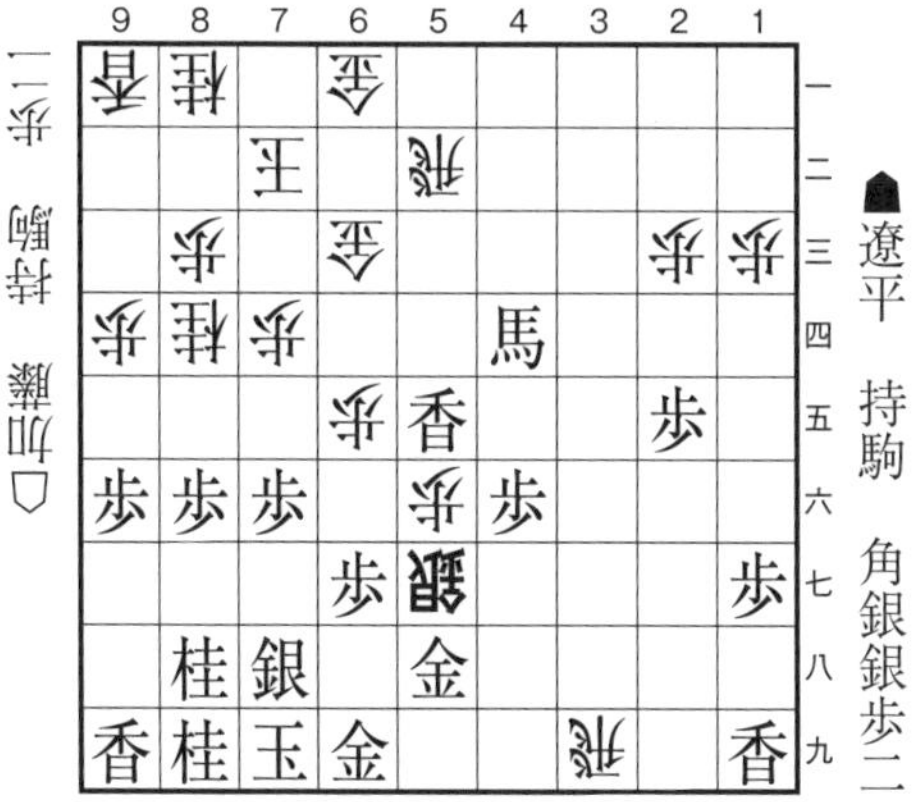

△5七銀直前の▲5五香が、歩の裏をつく厳しい打ち込み。
しかし加藤もすかさず△5七銀と打ってきた。これは鋭い勝負手である。一見▲5二香成で先手勝ちに見えるが、△5八銀成のときに後手玉は際どく詰まない。対して先手玉は△6八金からの詰めろになっているので、一気に怪しくなる。

いまいち気乗りのしない将棋だなと思って指し始めたが、ここへ来て遼平は興奮してきた。ここは必ず仕留めてやる。

遼平はすっと手を伸ばして▲5九金引とした。冷静な受けの好手。以下△4二飛▲4三銀△1二飛▲5二銀打△同金▲同銀不成△7三金▲6三金△同金▲同銀成△同玉▲4五角△7三玉▲7二金まで（投了図）。

投了図以下は△同飛▲同角成△同玉▲5二飛△7三玉▲6二飛成までの詰み。

（第9局投了図　▲7二金まで）

▲遼平　持駒　歩二

△加藤　持駒　金銀銀歩二

序盤からペースを握って丁寧に指せたのが勝因だ、と遼平は思ったが、加藤の棋力にはどこかムラがあるような気がした。粘り強い手や鋭い勝負手を放ってくる割には、あまり難しくないところで緩手を指す。

辺りにはもうもうと煙が立ち込める。

加藤はしばらく盤面をにらんでいたがやがて、

「これまでだな」

と言った。

「ありがとうございました」

遼平は頭を下げた。

加藤は煙管に葉を詰め直して、また火鉢の火を当てる。白い煙が加藤の口を通って鼻から抜けてきた。

ゴホン、ゴホンと加藤は咳をした。

「将棋は祖父さんに教わったって言ったな」

声はさらにしわがれていた。

「はい」

「その後はどうしたんだ」

「医者の家に奉公し、そこで腕を磨きました」

「医術ではなく、将棋の腕を磨いたというわけか」

「医術にも心得があります。煙草をやめないと死が早まります」

加藤は遼平を見ながらお茶を飲み、深々と煙草を吸った。

咳は出なかった。

「長く生きてもしょうもねぇ。今度は角を落として、指してくれないか」

「そりゃ、無茶ってもんだ」

仙太郎が横から言う。

「拙者はこの若い衆が気に入った。肝が据わっている」

「そういうことじゃなく、もうすぐ夜四つです。帰らなくっちゃならない。指すんなら明日にしてくれませんか」

加藤は咽せた。

なかなか咳が止まらない。

「いいですよ。明日、同じ時間に来ます。角落ちで指しましょう」

と遼平は言った。


前を若い男が歩いていく。

夜道は月の光で白く光っていた。仙太郎と遼平は並んで歩いた。

「明日、本当にいいのかい」

仙太郎が聞いてきた。

「ええ、この刻限なら」

たぶんまだ夜の十時前だろう。十二時くらいまで起きていても、いつもの時間には起きられる。

「加藤さんは、剣の達人なんですか」

と遼平は聞いた。

「さあ、どうかな。しかしあの刀は、拵えは立派だが竹光だよ」

「タケミツ？」

「刀身が竹で作られているということさ。本身は金に困って質屋に持っていったか、あるいは売り払ったんだろうな。川村屋さんが刀を預からせてくれと言っても、加藤さんは承知しないで、いつも自分で刀掛けに掛けるそうだ。手にすれば、竹光かどうかわかってしまうからな。

しかし、どっちにしても心配ない。危険な男なら、あんたに引き合わせたりしないよ」

月が出ていて夜道は明るい。この時間になっても、まだ人通りがある。屋台もいくつかあって、飲んだり食べたりしている人たちもいた。

「あれが印指しというものなんですね」

「そうさ、加藤さんの棋力はどうだった？」

「手習いの師匠より少し強いと思います」

「角落ちでも勝てそうか」

「勝負はやってみなければわかりません」

「まあ、そうだな」

「感想戦というのは、やらないんですか」

「何だい、そのカンソウセンというのは」

「勝負の後に、お互いの手を論じあうんですよ。棋力向上にも役立つし、気持ちも落ち着きます」

「聞いたことないな。しかしそんなことしたら、相手に自分の手の内を明かすようなもんだろう。違うのかい……これは木戸銭だ」

仙太郎は腰の巾着から何かを取り出して、遼平に握らせた。

見てみるとさっきの小判だった。

「こんなもの、いただけません」

「いいものを見せてもらったんだ。お礼するのが当たり前さ」

遼平は少し考えたが、

「わかりました」

と言って小判をジーンズのポケットに入れた。

遼平は今まで一銭も持っていなかった。一両というのは社会の時間に習ったが、十万円くらいになるはず。きよに何かを買ってあげようと思った。

「また明日来る」

「わかりました。気を付けてお帰りください」

木戸のところで仙太郎と別れた。

井戸端のほうから下駄の音が近づいてきた。きよだった。

「おかえりなさい、遼平さん」

「ただいま」

「将棋、指したのね」

「うん、浪人さんと指してきた」

「勝ったの？」

遼平は笑顔でうなずいた。

月明かりに照らされた、きよの白い顔が目の前にあった。

「お茶を煎れるから、一緒に飲もう」

その夜、布団に入った遼平の脳裏に、加藤の声がよみがえった。

――江戸では、剣術が流行っている。百姓や町人も入門してくる。物騒な世の中になってきたということだ。おまえさんも気を付けるんだな。

加藤の胸の内は理解できた。

心を乱せば指し手が乱れる。そう思ったのだろう。

しかし遼平の心に動揺はなかった。局面は深くまでよく見えた。

――思い切り将棋が指せないなら、生きていても仕方ない。

心のどこかで、自分はそう思ったのではないか。

18

次の日の夜、盤を挟んで向き合うと加藤は言った。

「仙太郎さん、印金のことだが」

「何でしょう」

「おぬしが一両、拙者が一両。これはおぬしが有利だと思うが」

しわがれた声だが、しっかりと響いてくる。

「なぜでしょうか」

「一両と言えば、拙者にとっては大金だ。三月は暮らせる。然るにおぬしにとって一両は端金だ。煙管代にもならないだろう」

「何が言いたいんでしょうか」

「拙者は一両、おぬしが十両。これでどうだ」

仙太郎は黙った。

加藤は続ける。

「拙者が負けたら一両払う。勝ったら十両もらう。これで指さないか」

「そんな印将棋は、聞いたことありません」

「それで釣り合いが取れる」

加藤は腕を組んで仙太郎をにらみつける。

「なぜ釣り合いがとれるんでしょうか」

「拙者は一両に命がかかっているんだ。ここで一両を失えば、明日から食うに困ることになる。然るにおぬしは、一両失っても屁でもない」

「そういうことですか……しかしお金というものは、私たち商人にとっては命です。一文を稼ぐのにも、命を張ります。一両は一両です」

加藤小五郎は黙り込んだ。

腕組みをほどいて、煙管を取り出して煙草を吸い始めた。白い煙が天井へゆらゆらと立ち上っていく。

加藤の言い分はよく理解できた。もちろん仙太郎の言うことも。そういう意味では、遼平がいちばん気楽な立場にいる。負けても暮らしに困るわけではない。ただ、仙太郎に申し訳ないという気持ちは残る。

仙太郎も煙管入れを取り出して、煙草を吸い始めた。仙太郎の煙管は太く、中央に金色の竜が彫られていた。

仙太郎は床の間のほうを見ながら言った。

「いいでしょう。しかし今は、五両の持ち合わせしかございません。あとの五両は証文を書きましょう。換金の際は、日本橋の越前屋までお越しください」

仙太郎が手を叩くと障子が開き、中年の女性が顔を出した。

「筆と紙を持ってきてくれませんか」

「はい」

中年の女性は障子を閉めると、去っていった。

間もなく一枚の紙と筆が用意された。仙太郎は慣れた手つきで文字を書き、巾着から印鑑を取り出して押印した。

仙太郎が畳の上に証文と小判を五枚置くと、加藤小五郎は小判を一枚載せた。

勝負が始まった。手合割は遼平の角落ち。

遼平は軽く目を閉じた。心が自分から離れて、すっと将棋盤のなかに吸い込まれていく感覚に襲われる。集中できている。


（第10局１図　▲６八飛まで）

▲加藤　持駒　なし

△遼平　持駒　なし

初手△６二銀。加藤は▲７六歩。以下△８四歩▲６六歩△８五歩▲７七角△５四歩▲５六歩△６四歩▲７八銀△６三銀▲６八飛（１図）と進んだ。

遼平の出だしは、以前、仙太郎と角落ちで対戦したときと同じ。しかし加藤は飛車を四間に振ってきた。角落ちでは珍しい戦型だ。やはり力将棋を意識しているのだろうか。遼平としては、角がいない分、早くポイントを稼ぎたいところだ。

仙太郎は昨日と同じように、少し離れたところで盤面を見つめている。犬の遠吠えが聞こえてきた。

遼平は△７四歩と指した。以下▲４八玉△４二銀▲３八玉△５三銀▲２八玉△７二金▲４八銀△４二金☗3八金☖4四歩☗4六歩☖1四歩☗1六歩☖3四歩☗3六歩☖4一玉☗4七銀☖3二玉☗5八金☖2四歩☗2六歩（2図）となった。

確かに力戦形だが、加藤は上手に位を取らせないというポイントを、しっかり押さえている。このまま駒組みをすると下手はどんどん形が充実してくる。上手の囲いも完全ではないが、ここは早めに歩交換をしてまわしを掴んでおき、いつでも上手から打開できるような形にしておくのがベスト。遼平はそう判断した。


（第10局2図　☗2六歩まで）

☗加藤　持駒　なし

☖遼平　持駒　なし

遼平は☖7三金とした。以下☗6七銀☖8四金☗7八飛☖9四歩☗9六歩☖7五歩☗6五歩（3図）と進んだ。

遼平は思わず手を止めた。

☖7五歩に対して☗6五歩……これは攻められたところを受けずに、逆に攻め合いを目指す強い手。☖7五歩を否定するような主張の強い手である。

遼平は、身体がかっと熱くなるのを感じた。歩交換を狙っただけなのに、まさか下手から激しい攻め合いを望まれるとは……。

加藤はゆっくりとお茶を飲むと、帯にある煙草入れから煙管を取りだし、葉を詰めて火鉢の火を移した。加藤が息を吐くと、白い煙が靄のように部屋に広がった。

将棋は自分の指し手をとがめられるのが一番ダメージが大きい。攻められた以上、ここは強く応戦するしかない。

（第10局3図　☗6五歩まで）

☗加藤　持駒　なし

☖遼平　持駒　なし

遼平は強く☖6五同歩とした。以下☗4五歩☖7六歩☗同銀☖7二飛☗7五歩☖同金☗同銀☖同飛☗4四歩☖6六銀☗4三金☖同金☗同歩成☖同玉☗6六角（加藤に立ち止まる気配はない）☖7八飛成☗1一角成☖3三桂（4図）。

この局面を遼平は☗7五歩☖同金の時点で読んでいた。角落ちの差が詰め切れてはいないが、下手からの攻めは簡単ではない。それに対して上手からは次に☖4六歩の厳しい攻めがある。実力差を考えると上手が勝ちやすい。逆転したな、と遼平は思った。

加藤は☗6四歩とした。以下☖同銀左☗6二金☖5二金☗同金☖同銀と進んだが、次の一手を見て遼平は思わず、うっと声を上げた。☗4四金！

こんな手があったとは……上手がしっかり受けないと、すぐ負けにつながる強烈な一手だ。昨日の内容を考えると、まず思いつくはずのない手。本来の実力を隠していたのか……だから今回の印金を十両に引き上げたのか。

加藤は何事もなかったかのように、手元のお茶を飲み、悠然と煙草をふかす。遼平は考えた末、☖同玉とした。加藤は☗4二銀。狙いすましたような一手である（5図）。

（第10局4図　☖3三桂まで）

☗4四金に対して☖4二玉と逃げる手は☗3三馬から詰み。ここで果たして、うまい受けはあるだろうか。

5図で☖4三金や☖4三飛は、☗3三馬☖同金（飛）☗4六香☖4五歩☗同香☖同玉☗3三銀不成で必至。

☖5五歩☗同歩☖同玉なら必至は掛からないが☗3三馬☖4四歩☗3四馬の両取りが厳し過ぎて上手に勝ち目がない。何かないか……。

こういうとき、三段リーグにいる遼平は怯えた。頭のなかが真っ白になり、数手先も読めなくなる。

自玉が詰む手順だけが、怯えから逃れる唯一の道のように浮かんでくる。そうなると、遼平は魅入られたようにその道を進んでしまう。

犬の遠吠えがまた聞こえてきた。部屋はしんとしている。顔を上げて蝋燭を見た。太い蝋燭だった。先端から立ち上る炎の音が、不意に聞こえてきた。

（第10局5図　▲4二銀まで）

▲加藤　持駒　香

△遼平　持駒　飛金歩五

聞こえてきた……遼平は我に返った。怯えた自分には、周囲の音が聞こえなかった。しかし今は聞こえてくる。犬の遠吠え。そして蝋燭の炎が部屋の空気を揺らすかすかな音を聞くことができる。

見えた！△5五歩▲同歩に対して△7三飛！

これなら、勝ち味を残したまま粘ることができそうだ。

遼平の△5五歩に対して、加藤はノータイムで▲同歩とした。遼平は△7三飛。高い駒音がしんとした室内に響き渡った。

加藤の身体がビクンと震えた。指し手が止まり、手を口に持って行く。それまで伏し目がちだった両目が、大きく見開かれている。

加藤の呼吸が荒くなった。身体が小刻みに震えている。それを振り払うかのように、加藤はすっと手を伸ばすと▲4六銀とした。

よし、行ける。遼平は心のなかで呟いた。以下△4五歩▲3三馬△同飛▲5六桂△4三玉▲4四香△3二玉▲3三銀成△同玉▲6四桂△5八竜。


（第10局投了図　△2七金打まで）

▲加藤　持駒　飛金銀銀歩

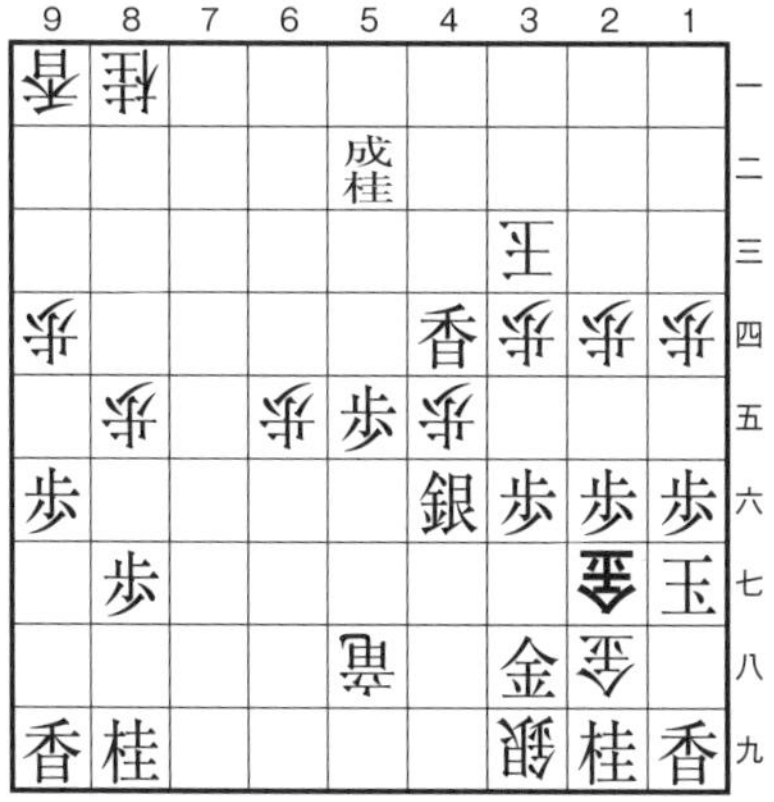

△遼平　持駒　角歩四

ここで加藤の手がまた止まった。

今まで真っ直ぐに伸びていた背筋が丸くなり、前屈みになった。加藤の顔がすっと白くなった。大きく見開かれた目は、瞬きしない。

加藤は急に咽せた。手を口に持って行き咳を抑えようとしているようだが、咳は止まらない。
▲4六銀が痛恨の悪手だったことに、気がついたようだ。十一手先の△5八竜が詰めろになっているのが、どうやら見えなかったらしい。▲4六銀では、▲5三香や▲7四歩とすれば、△8三飛▲3三銀不成となり下手優位を維持できたのだ。
加藤は懐から紙を取り出すと口に当てた。やがて咳は鎮まったが、身をかがめて苦しそうにしている。

遼平は黙って待った。

やがて加藤は大きく息を吐くと、震える手を伸ばして☗5二桂成とした。遼平☖3九銀。以下☗1七玉☖2七金☗同玉☖2八金☗1七玉☖2七金打まで（投了図）。

もう先手玉には受けがない。☗2七同金☖同金☗同玉☖2八竜まで。

しかしこの将棋は本当に危なかった。序盤の☖7五歩に対する☗6五歩といい、飛車を捨てて切り込んでくる手順といい、下手の甘い手は一手もなかった。

終盤、加藤の☗4四金は好手。遼平には見えていなかったから致命傷になってもおかしくなかったが、奇跡的に受けを見つけることができた。

そう、まさに奇跡的である。今までの遼平なら、怯えてしまって頭のなかが真っ白になっていた場面だった。しかし犬の遠吠えと蝋燭の炎によって、我に返ることができた。それが遼平には何よりも嬉しかった。

加藤はしばらく盤面を見つめていたが、

「これまでだな」

しわがれた声で言って、手駒を盤上にパラパラと撒いた。

「ありがとうございました」

遼平は頭を下げた。

「罠にはまったのは、どうやら拙者だったようだな」加藤は薄く笑って言う。「いい冥途の土産ができた。礼を言うぞ」

　加藤は立ち上がると、咳をしながら部屋を出ていった。


　今日は曇り空で月は出ていない。木戸で仙太郎たちと別れると、きよが手に小さな明かりを持って駆けてきた。

「おかえりなさい、遼平さん」

「ただいま、おきよさん」

「今日も勝ったの？」

「どうにかね」

「すごい」

　きよは昨日と同じようにお茶を煎れてきてくれた。

　行燈に油を注いで、手にある小さな火を移してくれる。部屋がぼんやり明るくなる。

　遼平が火の消えた金属製の道具を見ていると、手燭というものだと教えてくれた。小さな丸い火鉢に手をかざし、遼平はきよと向き合った。

「印将棋って、よく喧嘩になったりするというから、気を付けてね」

「その辺は仙太郎さんが、考えてくれているよ」

「ならいいんだけど……」

きよはうつむいてお茶を飲み、顔を上げた。

「髪、長くなったね。髷を結う？」

「いや、私はこれがいいんだ」

「そう……似合っているかも」

遼平は後頭部を触る。

「とうきょうの女の人って、どんな髪型をしてるの？」

「いろいろだけど、これと似た髪型の人もいる」

遼平は自分の頭を指さした。

「女の人が、そういう髪型をするの？」

「うん、するよ」

「わたしも、その髪型にしたい」

「おきよさんが？」

きよが簪と櫛を髪から外すと、はらりと髪がこぼれた。先端は腰まであった。簪と櫛を遼平に差し出した。

「わかった。やってみる」

遼平は櫛を持つと、きよの後ろへ回った。櫛できよの髪を梳いた。

きよは黙っている。遼平も黙って梳き続けた。

それが終わると、部屋の隅にある小物入れから綿の紐を持ってきた。逐平がハーフアップにするときにいつも使っている紐である。

再び櫛を持つと、前髪を残して髪を上のほうに梳き上げ紐で縛った。少し曲がってしまったのでやり直し。女の子のハーフアップは難しい。ポニーテールにしてみた。

三度目でうまくいった。逐平は横から見て、最後に正面から見た。両方のこめかみのところに髪を細く垂らしたので、ふっくら頬が強調されている。

最後に櫛をポニーテールの根元に挿し、その横に簪を斜めに挿した。

「とっても可愛い……いや、色娘だよ」

きよは両手で髪に触ると、

「明日から、これでお店に出てみる」

と言って逐平に笑いかけた。


きよの髪の感触が、逐平の手に残っていた。

髪を梳いているとき、きよのうなじに手が触れた。温かくやわらかな肌だった。生まれて初めて知る感触だった。

加藤の最後の言葉がよみがえった。

——いい冥途の土産ができた。礼を言うぞ。

目にギラギラする光はなかった。穏やかな目をしていた。

負けたほうがいいのか……対局の最中、この言葉が何度か遼平の頭をよぎった。

あの一両が、加藤にとってどれだけ重いか、遼平にもわかった。今日は刀が二本とも刀掛けになかったからだ。

質入れしたか、あるいは売り払ったか。拵えが立派だと仙太郎は言っていたから、それなりの値をつけてもらったのだろう。

最後のものを、加藤は捨てて遼平との対局に臨んだのだ。それに比べて遼平には、失うものは何もない。

仙太郎への義理？　いや、違うと遼平は思った。もともとこの勝負、仙太郎が遼平に持ち掛けたものだった。『あんたは、ただ指してくれればいい』と仙太郎は言った。『見たいんだよ。あんたがどれだけ強いのか。お金はその木戸銭だ。歌舞伎や相撲を観るのといっしょだよ』とも言った。

遼平はそれを素直に信じた。現代でも、お金を払って将棋のイベントに参加するお客さんがいる。対局中継の解説依頼もある。これらも棋士の収入になる。

仙太郎の心に裏があるとは思えない。一両対十両という、ハンディキャップを背負って対局することを承諾したのだ。勝ってもわずか一両。負ければその十倍の損失。いや、勝った一両は、そのまま遼平に渡してしまうから仙太郎の取り分はない。遼平の将棋が見たいという言葉に、偽りはないと思った。

だから、遼平も手を抜かずに指した……どうして遼平は勝てたのか。

加藤と対決してみてわかった。角落ちなら加藤が有利。

しかし加藤は負けた。負ければ明日はないとわかっていても負けた。いや、わかっているからこそ負けた。そういう言い方もできる。

加藤の☗4六銀は痛恨の悪手。この悪手を指した理由は、何なのだろう。

必死さという意味では、加藤のほうが遼平を上回っていた。あの一両を失えば、加藤は明日から食うに困る。それは確かだろう。

棋力の差だとも言えない。終盤まで加藤は、優勢に戦いを進めてきた。遼平に見えなかった手も、しっかり見えていた。なぜあそこで加藤は間違えたのか……。

命を懸けて挑んでも、負けるときは負ける。三段リーグで戦っている遼平には、このことがよくわかっていた。二十六歳までに四段に上がれなければ、奨励会を退会しなければならない。それはまさに命を懸けた戦いである。

そう思って臨んでも、負けるときは負ける。

勝ち負けを決するものは何なのか。

まずは将棋の技術である。これが八割から九割を占める、と遼平は思っている。技術を習得するには努力しかない。もっと言えば努力の継続。来る日も来る日も、将棋に明け暮れる。頭のなかを将棋で満たし、先人が残した技術を貪欲に吸収する。

では後の一割か二割は何か。

自分に自信を持つ——この言葉は、遼平にはあまりしっくりこない。負けが込めば、自信なんてすぐに吹き飛ぶ。それでも自分に自信を持っていられるとしたら、それはただの能天気だ。

平常心で指すこと——これはかなり納得のいく言葉。勝負ではたぶん、一番大切なことだと思う。遼平に『怯え』がなくなれば間違いなく勝率は上がる。

しかし相手が思わぬ手を指してくれば、誰でも一時的に心は波立つ。この波を素早く鎮めて、局面を冷静に見る能力が棋士には欠かせない。理屈でわかっていても実行は難しい。

勝ちへの執念ではない。努力や才能の差だとも言い切れない。運の要素も少なからずある。それらをひっくるめて、何かわけのわからない力がそこには働いている。

久しぶりに父母のことを思い出した。

もう、あの日から一ヶ月近く経っている。二連敗して将棋に自信をなくし、どこかへひとりで行ってしまったのか、あるいはどこかで死んでいるのか。両親はそう思っているかもしれない。警察に何かの届を出しているだろうが、見つかるはずはない。遼平は二百年近く前の江戸にいるのだから。

師匠のことも思い出した。師匠も両親と同じように、心配してくれているはず。しかし連絡を取りたくても、今の遼平にはどうしようもない。

学校のことも思い出した。数人しか友人はいないが、遼平にメールとかしてくれていると思う。遼平は一人一人の顔を思い浮かべながら、心のなかで返信した。

三段リーグにいる田所勝也のことを思い出した。田所は勝ち進んでいるだろうか。すでに四段になった先輩棋士たちのことも思い出した。遼平が失踪したことは、全員に伝わっているはずだ。

どうしたんだろう、何があったんだろう、とお互いに話し合ったりするだろうが、それも一瞬のこと。次の瞬間には、自分の対局に目を向けているはず。

将棋会館の幻影が闇のなかに浮かんだ。

19

きよの髪型は、次の日にはお店で話題になっていた。

「おきよちゃん、何だい、その馬のしっぽみたいな髪型は?」

仙太郎が目を丸くして言う。

近くにいる遼平は笑った。ポニーテールとはまさに、仔馬のしっぽ。

「いいでしょう」

「まあ、おきよちゃんなら、どんな髪型でも似合うけど」

仙太郎の視線が、縁台を拭いている逐平に向けられた。

「お酒を持ってきましょうか。何の料理がいいですか」

と逐平は聞いた。

「ああ、うん……酒を頼む。おからと海老大根もくれ」

逐平はお酒の徳利と、お皿二枚を持って仙太郎のいる縁台に行った。

きよや新太郎と同じ仕事を、逐平はできるようになっていた。

「逐平さん……」

仙太郎は声を潜める。

「はい」

逐平は顔を近づけた。

「あんたの発案かい」

頭のほうを指さす。

「おきよさんが言い出したことです」

「男の総髪というのは見たことあるが、ありゃいくらなんでも……でもないか。顔が動くたびに髪が揺れる……おお、おお……」

逐平が見た江戸の女性の髪型は、崩れないように結ってある。顔を動かすたびに揺れる髪型はない。

「鬢のほつれが何とも言えないなぁ……逵平さん」

「はい」

「あんな子と一緒に暮らしていて、よく気が狂わないな」

「狂ったほうがいいんですか」

「と、とんでもないよ」

仙太郎は声を殺して手を横に振った。

「しかし……あれだな。おきよさんが自分から、あんたと同じ髪型にしたいと言い出したってことは、もう、時間の問題だな。あーあ」

仙太郎はため息をついて天を仰いだ。

「おきよさん、あんたほんとにおきよさんかい」

男の客の声が上がる。

「常連さんなら、髪型が変わったって人の見わけはつきますよ」

「おお、言うねぇ」

「おきよさん、その馬のしっぽ、触らせてくれないか」

別の男が言う。

「触る前に蹴飛ばされてもよければ」

「やめとくよ」

「おきよさん、酒と烏賊大根だ……」別の男が言う。「しかし、好きあってる男と女が着物を取り替えるって話は聞いてるが、髪型まで似せるとはな。だけどまあ、少し変わったことをして楽しむのが、江戸っ子の粋ってもんだ。これから江戸で、流行るかもしれねぇな。うちのかかあにも、やらせてみるかな。駄目だろうな。駄馬が尻振っているようにしか見えねぇだろうな」

隣で女が言う。

「あんた、何か言ったかい」

「いやぁ、こっちの話だ」

周りの人たちがどっと笑う。

元祖海老大根と、元祖烏賊大根の売れ行きは、相変わらずいい。重兵衛とおかみさんは笑いが止まらない様子だった。

今日は仙太郎から、将棋を指そうと言ってこなかった。対局したい人がいるという話もない。昨日対戦した加藤は、再戦を申し入れてこないのだろうか。

二度も遼平が勝っているから、対戦の申し出があれば仙太郎は受けるはずだ。ないということは、加藤に一両が用意できないからか。

仙太郎からもらった二両のお金で、遼平は今日、玉簪を買った。湯屋から帰ってすぐにこっそり日陰町の、ここから歩いて一分くらいのところにあるお店で買ったもの。近いうちに機会を見つけて、きよに渡したかった。

夕食の後は、部屋で闇と向き合っていた。

「遼平さん」

障子の向こうから声がする。きよの声だとわかった。

「おきよさん」

「開けていい？」

「うん」

きよは手燭を持って入ってきた。

薄明りのなかに、きよのポニーテールが揺れた。

「一緒に行こう」

「どこへ？」

「わたしの部屋まで」

「二階の？」

「そう」

ドキンとした。

きよたちが暮らす二階には、遼平は一度も行ったことがなかった。

「こんな時間に、迷惑じゃないかな」

「三人はお月見に出かけたから」

「お月見……」

「今日は十五夜。お月様には雲一つかかっていない。こういう日はみんな外へ出て、お月様を見ながら食べたり飲んだりするの。でもわたしは出かけなかった。逐平さんとお話ししたかったから」

またドキンとした。

逐平は草履をつっかけて障子の外に出た。きよの後ろからついていく。二階へ上がる階段の手前で草履を脱ぎ、きよの後から階段を上っていった。

二階はしんとしていた。部屋は二つ。

行燈の明かりが部屋をぼんやり照らしていた。きよは手燭の火を吹き消すとふすまを閉めた。部屋には火鉢があり座布団が二枚ある。

「座って」

逐平が座布団に座ると、きよは南側の障子を開けた。

冷たい空気と一緒に月の光がさっと差し込んできた。部屋全体が白くなった。まん丸い月が、武家屋敷の屋根の上に浮かんでいた。

きよは少しの間、満月を見上げてから逐平の正面に座った。きよのポニーテールが白い光のなかに揺れた。

「遼平さん」

きよはじっと見つめてくる。強い視線だった。

「うん」

「今はつらくない？」

「ぜんぜん。どっちかと言うと幸せかな」

「本当に？　このまえ千駄ヶ谷八幡宮へ行ったとき、すごくつらそうにしていたから」

「もう平気さ」

「好きだった人のこと、思い出したの？」

「そんなんじゃないよ」

「信じていいの？」

「うん」

「後でやっぱり、好きな人が忘れられないからって言わない？」

「言わない。絶対に」

きよの目が少し和んだ。

「あなたがどこで何をしていたか、今ひとつわからないけど、真面目でいい人だってことはよくわかったつもり。おとっつぁんも、おっかさんもそう言ってる。新太郎もそう思ってる。ここにずっといてくれるんでしょう」

「置いてもらえると、僕……私もうれしい」

遼平が笑うときよも笑う。

「わたしのこと、どう思っている?」

「えっ、まあ、色娘だなって……」

「そういうことじゃなくて」

「働き者だって裏長屋の人が言ってた」

「だから、そういうことじゃなくて」

「とっても親切にしてくれるなって……」

「あのね」

目が険しくなった。

「うん……はい」

「ちゃんと言ってくれないと、仙太郎さんのところへ行っちゃうから」

「えっ……」

「えっじゃない」

「うわっ……」

「うわっ、じゃない」

遼平は火鉢から思わず身を引いた。

きよは身を乗り出してくる。

「わたしが毎日、どんな思いで逵平さんのそばにいるかわからないの？」

逵平は何も言えずに固まっていた。

「今までわたしは、誰にも打ち明けたことなかった。あなたが初めてなの。わたしのこと好いてくれないいんだったら……好いてくれないいんだったら……」

きよは座り直すと、顔を手で覆って泣き出した。

きよが何を言いたいのか、やっと逵平にも理解できた。

逵平は立ち上がるときよのそばへ行った。両手できよの手を握り、そっと顔から引き離した。

きよの頬は涙で濡れていた。

「私も……言いにくいから、東京の言葉で言うよ。僕もおきよさんが好きだよ。生まれて初めて、女の子を好きになった……でも、言えなかったんだ」

「どうして？」

「僕が来たところへ、もしかしたらまた戻ってしまうかもしれないと思ったから」

「逵平さんが来たところ？」

「東京というところから来たのは間違いないんだ。しかし、どんなふうにしてここまで来たのかがわからない。わからないってことは……」

「わからないってことは？」

「またわからないうちに、戻ってしまうかもしれない。いや、もっと別のところへ無理に行かされてしまうかもしれない。そう思って……」

ここは百八十八年前の江戸。そこへタイムスリップしたのは間違いない。しかしなぜタイムスリップしたのかが、いくら考えてもわからなかった。

「……わたしをからかっているの？」

「そんなふうに見える？」

遼平ときよは見つめあった。

きよの瞳に白い月が映っていた。

きよの目から、険しさが消えていった。

「わたしは十四歳……蘭暦でいうと十三歳」と言ってきよは笑う。「お嫁さんになるには、お正月をもう二度くらい、越さなければならないと思ってるの。そのとき遼平さんがまだ江戸にいたら、夫婦になってくれる？」

「めおとに……」

と言ってからすぐにわかった。

結婚するということ。

「まだ早いのはわかるけど……」

早すぎるし考えたこともない。

ただ、きよの気持ちは伝わってくる。遼平もきよが好きだった。今まで誰にも抱いたことのない感情が自分のなかにある。

そして自分はここではひとり。親もいないし、師匠もいない。学校の友人も奨励会の仲間もいない。高校も大学もない。将棋のプロにもなれない。

遼平は大きく息を吐いてから、

「うん、なるよ」

と言った。

「本当？」

「約束する」

「こういうとき、とうきょうではどうするの」

「そうだな……ちょっと待って。すぐ戻ってくるから」

遼平は急いで階段を降りて行き、部屋の小物入れを開けた。

すぐに二階まで駆け上がる。

「目をつむって」

きよは何も言わずに目を閉じた。

遼平はきよの手のひらに玉簪を載せた。遼平が一目見て気に入ったもの。緑色の翡翠の玉に、ピンクの桃の花が描かれている。

「いいよ、目を開けて」

きよは目を開けると手のひらを見つめた。

「きれい……」

「印将棋で勝ったから、それで買ったんだ」

「こんなに高価なものを……」

「おきよさんに似合うかなと思って」

逵平はきよがつけている銀色の平簪を取ると、代わりにその玉簪を髪に挿した。

「うん、とっても似合う」

月明かりのなかに、翡翠の深い緑と桃のピンクが浮かび上がる。

外した平簪を、逵平は自分の髪に斜めに指した。

きよがくすっと笑う。

逵平はきよの肩を抱き、顔を寄せた。

きよの目が伏せられる。ひんやりして柔らかな感触だった。

20

逵平は髪に簪をつけたままお店に出た。

昨日はきよのポニーテールに話題が集まったが、今日は遼平の簪に話が集中した。

「遼平さん、そりゃ何の真似だい」

仙太郎が遼平の頭を見て言う。

「見ての通り、簪ですよ」

「そんなことはわかってる」

「きれいなアクセ……髪飾りでしょう」

「そりゃ、きれいだ。しかしそれは、男が挿すもんじゃない」

「いいじゃないですか。少し変わったことをして楽しむのが江戸っ子の粋。この前、お客さんからそんなふうに聞きました」

「こりゃ、一本取られた」

重兵衛もおかみさんも何も言わない。

むしろ面白がっているようだ。

月明かりがあるので、お店は行燈なしでも明るい。

下駄の音が近づいてきた。

「はい、仙太郎さん。お酒と烏賊大根ときんぴらごぼう」

「ありがとよ……それは」

仙太郎はきよの髪を見ている。

「いいでしょう」

「似合うよ、おきよちゃん。しかしその玉簪は……」

「しかしもむかしも、おかしな話」

縁台に徳利とお皿を置くと、きよは飛ぶように棚までもどり、また飛ぶようにあっちの縁台、こっちの縁台と移っていく。

「逵平さん」

年配の女性が声をかけてきた。

甚五郎の奥さんである。

「はい」

「男に簪というのも、粋だねぇ」

「ありがとうございます」

「逵平さんだから、粋に見えるんだろうね。うちの宿六が簪を挿した日にゃ、お天道さまがびっくりして隠れてしまうんじゃないかねぇ」

お店がどっと沸く。

「何だと、この芋虫女」隣で甚五郎がすかさず言う。「おれが高いおわし叩いて買ってやった簪も櫛も、手前が挿すと安物にしか見えねぇ。ちったぁ、おれの悲しみも考えてみやがれってんだ」

またお店が沸く。

「甚五郎さん、一発、張り飛ばしてやんなよ。あんた優しすぎるんだよ」

お客さんのひとりがけしかける。

「そうだよ、甚さん。そんなひでぇこと言われて黙っていちゃ、江戸っ子の名がすたるってもんだ」

別のお客さんが言う。

「あたぼうよ。かかあが怖くて、大工が務まるかい」

甚五郎はぐいと酒をあおる。

「ほう、あんた人様の前だと、威勢がいいんだね」

「うちだって、おんなじだい」

「そうかい、じゃそろそろ帰ろうか」

「待ちやがれ、まだ銭が余ってる。こいつを全部、ここで使い切ったら帰る」

またお店が沸いた。

遼平も笑った。可笑しな人たちだ。いい人たちだ。

お店が閉まる時刻になって、仙太郎に手招きされた。

ちょっと話さないかと言う。重兵衛とおかみさんが笑顔でうなずいたので、遼平はお店の外で話し始めた。

「あんたと指したいという人がいるんだが、受けるかい」

「加藤さんじゃなく？」

「あの浪人は、もう駄目だろう。金も気力も体力もないと私は見ている」

遼平はうなずいた。

加藤の咳こんだ姿が脳裏によみがえった。

「これからですか」

「いや、日にちは決めていない。あんたに聞いてからと思ってな」

「いつでもいいですよ。近場で半時くらいなら」

「よし、決まった。日にちがわかったら言う」

「また印将棋ですか」

「そうだ」

「ひとつだけお願いがあるんですが」

「何だい」

「加藤さんのように、有り金叩いてする印将棋はしたくないんです」

「なぜだい。哀れに思ってしまうからか」

「いいえ、心の重荷を五分にして戦いたいのです」

将棋を指すということは、命を削ること。これはよくわかる。棋士はみんな命を削って戦っている。しかし加藤の印将棋は違う。明らかに破滅に向かっている。遼平は続けた。

「印将棋じゃないと、相手はやらないですか」

「やらないだろうな」

「でしたら、こういう方法はどうですか。僕の印金は、この前みたいに仙太郎さんが払ってくれるわけですよね」

「そうとも。木戸銭だからな」

「私も相手も、印金は出さない。仙太郎さんは勝ったほうに一両を手渡す。こんなふうにしてもらえませんか」

「何だって……」

「相撲というのは、負けた力士がお金を払うんですか」

「いや、そんなことはないよ。勝ったって負けたって金は入る。まあ、勝ったほうが余計にもらえるけどな」

「それと同じような方法を使うんですよ。負けても対局者の懐は痛まない。勝てば、仙太郎さんの出した一両をもらえる。まさに木戸銭です。こうすれば、暮らしを犠牲にしなくても印将棋を指せます」

「なるほど、そりゃ面白い」仙太郎は手を叩いた。「あんた、頭がいいな。さっそく相手に言ってみよう……なぁ、遼平さん」

「はい」

「私がどうして印将棋の話を持ってくるか、あんたにわかるかい」

「将棋を指したくて仕方ない。私の顔にそう書いてあるからだと思います」

「それは半分だ」

「半分……」

「後の半分は、私があんたにほれ込んでしまったからだよ。将棋を指しているときのあんたは、何というかな、まったく邪心がない。子供がトンボを追いかけて遊んでいるみたいな顔をしているんだ。三昧境と言ったほうがいいかな。まるで仙人がそこにいるように見えるんだ」

遼平は首を傾げた。

「もちろん、私は将棋が好きだ。だが今まで、印将棋に手を出したことは一度もない。小汚ねぇ感じがしてな。場合によっちゃ、血を見ることもある。だけど、あんたが指すんなら見たいんだ。あんたなら仙人のように指す。加藤小五郎さんとの対局を見て、それがわかったんだ。死に物狂いで向かってくる相手に、あんたは仙人のように飄々と戦う。そして勝つ。これが、何とも気持ちがいいんだ……言っていることがわかるかい」

「よくわかりません」

遼平がそう言うと、仙太郎は声を立てて笑った。

飄々と指してはいない。かっと熱くなる場面もあった。しかし三昧境という言葉は当たっている。読書三昧、ゲーム三昧、そして将棋三昧。

三昧とはそのものに熱中すること。心を奪われていること。強くなるには、その世界に一度はどっぷり浸かることが必要。

「喧嘩なんかする相手は選ばない。そこは私を信じてほしい。今私が渡りをつけているのは、あんたが全力で指せる相手だ」

21

三日後、仙太郎がお店に来て言った。

「今夜、宵五つに迎えに来る」

「わかりました」遼平は短くうなずいてから聞いた。「私の提案を、相手は飲んでくれましたか」

「もちろんだ。異存はない。ただし……」そこで仙太郎はにやっとする。「私と同じような、金持ちの将棋好きがいる。その男たちにあんたのことを話したら、ぜひ観戦させてくれというんだ」

「その男たち……」

「私の他に二人いる。もちろん、対局者には迷惑はかけない。そばで黙ってみているだけだ。木戸銭を一両ずつ払ってな」

「一両ずつ……」

「合計、三両が印金になるわけだ。勝った対局者がそれをもらう。負けた対局者の懐は痛まない」

希望どおりだ、と遼平は思った。

これなら心理的に五分の条件で指せる。

「わかりました」

遼平は承諾した。

胸が高鳴る。

きよに対戦のことを告げると、勝負の時間まで忙しく働いた。


加藤小五郎と対戦したときと同じ川村屋。

遼平は簪を髪から外し、懐に入れた。勝負の場では、余計な視線や言葉を浴びたくなかったのだ。

雲が月を隠している。夜道は暗かった。若い男が提灯を持って先導し、仙太郎と遼平は後からついていく。川村屋の主人が戸を開けてくれた。

「皆さん、二階でお待ちです」

何回も頭を下げながら言う。

若い男を土間で待たせると、仙太郎と遼平は階段を上がって行った。階段も廊下も明るい。

部屋のなかには三人の男がいた。

「遅くなりました。越前屋の立岡仙太郎と申します。こちらが例の将棋指しです」

仙太郎は畳に座ると言う。

部屋には太い蝋燭が二本あり、昼間のように明るい。

「中島遼平です」

遼平は畳に手をついて頭を下げた。

「浅草橋の染物屋の主、花山伊兵衛と申します」

白髪の混じっている、五十歳くらいの男が頭を下げた。

「銀座の両替商、三井伝次郎と申します。こちらが今日、お相手されるお方です」

三井は四十歳くらいか。大柄で顔も大きい。

「長瀬歳三と申します」

よく通る声だった。二十歳過ぎと思われる若い男。頭は丸めてある。今でいうスキンヘッド。僧侶なのか……さっきから目を閉じたまま。

「今日と明日、一局ずつ。手合いは平手。今日の先手番は中島遼平さん、明日の先手番は長瀬歳三様。印金は一人一両。勝者がこれをもらう。対局者は印金の負担なし。これでいいですね」

仙太郎が言うと全員がうなずく。畳に置かれた四角い紙の上に、仙太郎と花山と三井がそれぞれ一両ずつ乗せた。

将棋盤があり、すでに駒は並べられている。

遼平が下座につくと、驚いたことに花山が向かい側に座った。

「長瀬さんは目が見えません。私が代わりに指しますので、よろしくお願いします」

えっ、目が見えない。

遼平は仙太郎を見た。

「長瀬様は按摩をしておられます」と仙太郎。「長瀬様が言う通りに花山さんが指します。遼平さんの指し手は、私が口に出します。指し手が間違いないかどうかを、三井さんに確認してもらいます」

現代で言うところの目隠し将棋である。

「私も目を閉じたほうがいいんですか」

遼平は聞いた。

「いいえ、遼平さんは盤面を見ながら、いつも通り指してください」

と仙太郎。

目隠し将棋は、遼平も指したことがあるが、棋力が大駒一枚は違ってくる。

長瀬蔵三は花山の後ろに、すっと背筋を伸ばして座っている。

「わかりました」

と遼平は言った。

遼平は初手▲2六歩と指した。後手長瀬は△3四歩。以下▲7六歩△3五歩▲6八玉△3二飛（1図）となった。

△4四歩と角道を止めずに△3五歩と突く。早石田という、石田流三間飛車戦法のなかの一つである。石田流三間飛車は江戸時代初期の盲目の棋士、石田検校が考案したとされる。幕末には石田流本定跡も早石田もすでに定跡化されていた。

（第11局1図　△3二飛まで）

△長瀬　持駒　なし

▲遼平　持駒　なし

石田流三間飛車は現代でも有力な戦法として残っているが、升田式石田流や新石田流などで改良もされている。遼平は振り飛車は指さないので、自分から石田流を使ったことはないが、石田流を相手にしたことも、ほとんど記憶にない。奨励会に入ってからは対戦した記憶がない。

1図では、▲2二角成△同銀▲6五角とすれば先手の角成は受からないが、△3六歩▲同歩△5五角と切り返されると難解になる。うかつには攻められない。長瀬はここからどう来るのか。

1図以下▲2五歩△5二金左▲7八玉△3四飛▲

２二角成☖同銀▲４八銀☖６二玉▲８八銀☖７二玉▲９六歩☖９四歩▲４六歩☖８二玉▲４七銀☖７二銀▲７七銀☖３三桂▲５八金右☖１四角▲５六角☖５四飛▲３六歩☖２五桂▲３五歩☖３六歩と進んで、２図のようになった。

後手の玉は美濃囲い。堅い囲いだが、先手玉も離れ駒がない陣形なので、堅さではひけをとらない。

（第11局２図　☖３六歩まで）

▲遼平　持駒　歩

☖長瀬　持駒　なし

後手の☖１四角は石田流独特の手。ここまでは石田流に対して自然な対応ができていると遼平は思っていた。しかし☖３六歩と打たれて遼平は手を止めた。

▲同銀なら☖３七桂成で銀が取られる。しかし、歩成は受けないといけない……意外に形の良い受けが見えない。

周りにいる誰も煙管を取り出さない。

しわぶきひとつ控える、張り詰めた雰囲気がある。

遼平は▲２七飛と上がった。長瀬は☖５六飛と飛車を切ってきた。こうなっては遼平も後へ退けない。

一気に乱戦に突入した。

以下▲同歩△4九角▲3六銀△2七角成▲同銀△3九飛▲3八角△3七桂成▲同桂△5八角成▲同金△7九金▲6八玉△8九金▲6六銀△1五桂▲5五角△2七桂成▲同角△3七飛成（3図）となった。

長瀬はよく通る声で、よどみなく指し手を口にする。

（第11局3図　△3七飛成まで）

△長瀬　持駒　銀桂

▲遼平　持駒　飛桂桂歩二

遼平がかなり苦しい局面であるが、決め手を与えないで凌いでいる局面。しかしどこかで攻勢に転じたい。

長瀬の差し手は一貫して強気だ。▲5五角は次に▲7四桂という美濃囲いの急所を狙っているのに受ける気配がない。

受けなくても勝てると踏んでいるのか……しかしここは相手の攻めを凌いで延命しながら▲7四桂からの攻めを成功させるしかない。

遼平は▲7四桂。長瀬△7一玉。以下▲1六角△7九銀▲7七玉△3五竜▲4四桂△8五桂▲8六玉△5五竜。

蝋燭の炎が盤上にある駒の影を揺らす。影は黒い縁取りとなって駒を覆い、盤上に複雑な文様を描いていた。

激しい攻め合いになった。

遼平も相手の玉目指して突き進んだ。☗5二桂成☖7四歩☗6一成桂☖同銀☗5五歩☖9九金☗8五玉☖6二桂☗7五歩☖7三桂☗7六玉☖8四桂☗7七玉☖7六香☗8六玉☖8八銀不成と進んだところで、遼平は手を止めた（投了図）。


（第11局投了図　☖8八銀不成まで）

☗遼平　持駒　飛飛金金桂歩二

☖長瀬　持駒　角歩

今一歩、届かないか……この局面では☖9七角と☖7七角の詰めろがかかっていて、先手玉は必至。対して後手玉には即詰みがない。

遼平は大きく息を吸い込むと、

「負けました」

と言った。

「うん」

と長瀬は言って深くうなずく。

長瀬が将棋の内容に満足しているのが読み取れた。

「ありがとうございました」

遼平が頭を下げると、

「ありがとうございました」

と言って長瀬も頭を下げた。

遼平の動作を感じ取ることができるようだ。

「いい将棋でしたね」長瀬は顔を上げて言う。「久々に将棋を堪能することができました。遼平さんと指せたこと、非常にうれしく思っています」

「私のほうこそ」と遼平は言った。「今日の負けは、納得のいく負けです。明日は恩返しができるよう、全力を尽くします」

仙太郎と花山と三井の身体がやっと動き始めた。

「それでは明日の同刻、先後を逆にしてもう一勝負、お願いいたします」

仙太郎が長瀬と遼平の顔を見て言う。

「承知しました」

長瀬が言う。

「私も、承知いたしました」

と遼平も言う。

「私たちも同意しました。よろしくお願いします」

花山伊兵衛と三井伝次郎は短く挨拶すると、長瀬の手を引いて部屋を出ていった。

仙太郎と一緒に外へ出た。

遼平は無言。仙太郎も無言で夜道を歩いた。

負けた。

江戸に来て、初めて平手戦で負けた。

中盤からは押され気味だったが、決め手を与えずに辛抱強く指せたと思う。どの指し手が悪かったのか、よくわからない。終盤もかなりきわどかったと思う。

長瀬は攻め駒が少ないので寄せるのは難しいと思っていたが、ほぼすべての駒を効率よく働かせて、寄せ切られてしまった。石田流への対策が不十分だったこともあるが、負けの最大の原因は中盤での読み負け。

遼平の☗5五角を受けないで、☖2七桂成から☖3七飛成とした長瀬の手順は見事。一手違いで勝つことを読み切っていたと思える指し手だった。

明日は長瀬が先手で遼平が後手。長瀬の読みを上回ることができなければ、再び負けることは目に見えている。

長瀬は途中で駒の配置を確認することは一度もなかった。ときどき手を動かしたり首を振ったりするが、それは局面が難しいとき。深い読みを入れているのが、遼平にも伝わってくる。

――こんな対局がしたかった。

こみあげてくる感動に思わず涙が出そうになった。

勝ち負けではない。

一手の背後にある『読み』に心が震えるのだ。

そしてその一手に、遼平も全力で応えたい。『読み』と『読み』が盤上で交錯し、美しい絵となって終局へと流れていくのを見たい。

「いい将棋だったよ、遼平さん」

仙太郎は帰り道で、ひとことだけ言った。

22

昨日と同じ時刻に仙太郎が、若い男に提灯を持たせて迎えに来た。今日も曇りで、夜道は闇のなかに沈んでいた。

「遼平さん、お待たせしました」

仙太郎は丁寧に頭を下げた。

「待ちきれなかったですよ」

遼平は笑いかけた。

「わかってたよ。あんたは仕事をしているときも、顔は笑っていたが、目は笑っていなかった。気合が入っているなと思ってたよ」

仙太郎は二時間前までは、大榎で飲んでいたのだ。

昨日と同じ時刻に川村屋に着いた。しかし部屋に入ってびっくりした。長瀬の他に四人の男たちがいるのだ。昨日より二人増えている。

「断りもなしに申し訳ございません」花山が遼平に頭を下げた。「根っからの将棋好きがさらに二人、どうしても勝負が見たいということで連れてまいりました。印金をはずみますので、ここはひとつ、わがままを聞いてやっておくんなさい」

二人とも三十代から四十代。高価な羽織を着ている町人風の男だった。酒問屋の松野利平、歌舞伎役者の大河内菊五郎と名乗った。

遼平に異存はない。

仙太郎が懐紙を畳に置くと、その上に二人は五両ずつ乗せた。仙太郎と花山と三井も五両ずつ乗せた。合計二十五両。

長瀬は目を閉じたまま、無言で座っている。

気迫が遼平にも伝わってきた。

長瀬の代わりに指すのは三井。遼平の指し手を口に出すのは花山。

「今日もまた、いい勝負が見られると思いますので、ぜひ棋譜を残したい。私が棋譜の記録をいたします」

仙太郎が緊張した口調で言う。

昨日と同じように、長瀬蔵三は指し手である三井伝次郎の後ろに座った。三井と遼平は向き合うと、お願いします、と挨拶の言葉を交換した。

遼平は小さく息を吐いた。気持ちに動揺はない。気負いも気後れもない。全力で指したい。その気持ちしかなかった。

長瀬は初手☗7六歩。遼平は☖3四歩とした。☖8四歩もあるが、あえて☖3四歩として早石田を誘ってみた。逃げないで昨日と同じ土俵で戦い、勝ちたかった。


（第12局1図　☗7六飛まで）

昨日の将棋でわかった。長瀬はわずかな隙を狙って攻め込んでくる。ならばあえて隙を作って長瀬の攻めを誘い、無理筋あるいは切れ筋に持ち込むのがベスト。
以下☗7五歩☖8四歩☗7八飛☖8五歩☗4八玉☖6二銀☗3八玉☖4二玉☗7六飛と進み1図になった。
思った通り長瀬は早石田で来た。
遼平の思いを察し、あえて昨日と同じ作戦を選んだとも取れる。やってこい、という遼平の気合いに、ならば行くぞという返事でもある。

序盤から、長瀬と遼平の気合いが部屋に満ちる。蝋燭の炎が揺れるたびに、長瀬と遼平の影が異様に大きく揺れる。

1図以下、△8八角成▲同銀△3二銀▲2八玉△6四歩▲3八銀△6二銀▲7八金△3一玉▲1六歩△1四歩▲7七桂△5二金右▲9六角△4四角（2図）と進んだ。

（第12局2図　△4四角まで）

▲長瀬　持駒　なし

△遼平　持駒　なし

昨日と違うところは、遼平は左美濃に囲ったこと。そして▲9六角に対して△4四角で対応したこと。昨日は△5四角だったので、一つずれたことになる。狙いは▲8五角に△7七角成▲同銀△8五飛として7七にいる桂馬に狙いをつけ、間接的に9六にいる角の動きを牽制すること。

どちらの角がより働くか、その差が形勢に直結する。しかし以下▲8五桂△8三飛▲7七銀△9四歩▲7三桂成（3図）と進んだところで遼平は手を止めた。

こんな攻めがあったのか……▲7三桂成は遼平がうっかりした桂捨て。△同桂なら▲7四歩△6五桂▲7三歩成。△同飛なら▲8六飛。先手は桂損になるが局面を打開する妙手である。長瀬の大局観に遼平はしびれた。

遼平は昨日よりも堅い左美濃。長瀬の攻めを誘って切れ筋に持ち込もう、という意図が崩れ始めているのがわかった。一度崩れると、早石田は勝敗に直結する。どう対応すれば被害が少ないか。ここでバランスを崩せば一気に持って行かれる。


（第12局3図　☗7三桂成まで）

☗長瀬　持駒　歩二

☖遼平　持駒　なし

部屋は静まり返っている。

その沈黙が遼平の神経をジリジリと焼いた。

平静だった心に、怯えが芽生えた。いつもの自分だ、と遼平は思った。三段リーグにいるときも、初めは冷静に指せても、相手が思わぬ手を指してくると途端に心が波立ち、それはやがて怯えとなって思考を圧迫する。

そうなると手は見えなくなる。自分でも信じられないような悪手が出て、敗北の坂道を転げ落ちていくのだ。

遼平は目を閉じた。長瀬の俯いた顔が目の前に蘇った。長瀬は昨日も今日も、よく通る声で淡々と指し手を言う。淡々と……遼平にはそう映る。

しかし将棋は心で指すもの。指し手には必ず心が表れる。長瀬の心には、波風が立たないのだろうか。外見は淡々としているように見えるが、長瀬もまた心のなかでは、怯えと戦っているのではないか。

怯えのなかに、ほんの小さな疑問符が浮かんだ。疑問符は小舟のように、怯えという大きなうねりに翻弄されている。だが不思議に沈まない。うねりのなかを、そのうねりに乗りながら漂っている……。

（第12局4図　▲8六銀まで）

▲長瀬　持駒　飛歩二

△遼平　持駒　角桂

遼平は目を開くと△同飛とした。

長瀬は▲8六飛。ここで遼平は△9三桂と受けた。目を閉じている間に、ひねり出した受けだ。以下▲8二飛成△9五歩▲7三竜△9六歩▲7一竜△8五桂▲8六銀（4図）と進んだ。

△9三桂とせず単に△9五歩では、▲6三角成△同金▲8一飛成で、遼平の玉の守りが崩れてしまう。本譜では飛車を取らせるかわりに自玉は崩されない。また桂を逃げることで攻めに活用でき、攻め合いが狙える。

一度は劣勢になったが、これで少し持ち直せたようだ。そう思うと、すっと怯えが引いていった。小舟は自力で進みだした。以下、猛烈な攻め合いになった。お互いに竜と馬を作り、敵陣に攻め込んだ。

斬り合いになった。長瀬も踏み込んでくる。遼平も退かなかった。勝つためには、肉を斬らせて骨を断つ以外にない。そして5図のようになった。

(第12局5図　☖3九竜まで)

☗長瀬　持駒　金金銀桂歩二

☖遼平　持駒　金銀歩三

(※4図から5図の棋譜は省略)

長瀬の☗4一とに対して、遼平が☖8九竜を☖3九竜とした局面である。

☗4一との局面では、後手玉に詰めろが掛かっていない。先手玉に詰めろが続けば遼平の勝ち。4一のと金を嫌がって☖4一同金など受けに回ると、☗1四桂から詰めろ以上の手が続くため長瀬の勝ちになる。

この☖3九竜が、数手前から狙っていた飛車切りだった。この手以外はどれも遼平が負けているだろう。たとえば☖5七馬は☖3九竜からの詰めろになっているが、☗7九歩☖同竜☗5五馬！があってうまくいかない。明らかに先手の一手勝ち。

その順が長瀬の狙いで、そのために▲4一ととしたのだ。△3九竜はその読みを上回った。まさに肉を斬らせて骨を断った一手。

長瀬の声が初めて止まった。


（第12局投了図　△4九香成まで）

▲長瀬　持駒　飛金金銀銀桂歩二

△遼平　持駒　金歩四

部屋の静寂が深くなった。犬の遠吠えが聞こえてきた。長瀬は額に手をやり、眉間の皺を確かめるかのように静かに上下させた。

やがて▲同玉という長瀬の声が聞こえた。

遼平は△5七馬。これは△4九香成からの詰めろである。以下▲2六歩△2七銀▲同銀△4九香成となったところ（投了図）で長瀬はまた声を止めた。

長瀬にはもう受けはない。▲2八玉△3九馬▲1八玉△1七歩▲同桂△2八金までの詰みである。

長瀬は背筋を伸ばしたまま、微動だにしない。観戦している四人は、周りで息を詰めている。長瀬の指し手を務めている三井は、盤面をにらんだまま。

やがて長瀬は、

「これまでだな」

とつぶやいた。

しばらくは動かない。遼平も動かなかった。

「ありがとうございました」

やがて遼平が言うと、

「ありがとうございました」

と長瀬が言って、遼平のほうに顔を向けた。

「☖4九香成まで。中島遼平さんの勝ちとなりました」

筆を置くと仙太郎が言った。

やっと場の緊張が解けた。ため息と衣擦れの音があちこちから漏れる。

勝った……宿敵に勝った……心からすっと引いていくものと、心に湧きおこってくるものが交錯している。勝ったこともうれしかったが、怯えを振り払い、怯えを克服して勝ちの手順を思いついたことがうれしかった。

いや……怯えを克服したとは言えないかもしれない。目を閉じて長瀬の顔を思い浮かべているうちに、ふと思いついた一手。怯えの沼から顔だけ出した瞬間、たまたま見えた一手。そんな気がする。

「遼平さん」

と長瀬が口を開いた。

「はい」

遼平は言った。

「あなたは、将棋を誰に習ったのですか」

「祖父です」

「そのお方は、家元のお弟子さんでしたか」

「いいえ、田舎のただの将棋好きです」

「そうですか、不思議ですね……駒音を聞けば、私は相手の心が読み取れます。あなたの駒音は、いい響きがしました。将棋を真っすぐに見つめ、その世界の奥深くまで入って行こうという気持ちを感じました。あなたは素人衆ではありませんね」

「そう言っていただくとうれしいですが、私は家元とは関係ありません」

「そうですか……そうでしょうね。あなたほどの指し手が将棋三家の弟子たちのなかにいれば、評判は私の耳にも届いているはずですからね」

長瀬はかすかに笑った。

「長瀬さん」

と今度は遼平から聞いた。

長瀬は黙ってうなずいた。

「失礼な質問ですが、いいでしょうか」

「私に答えることができる質問なら」

「目を悪くされたのは、いつのときでしょうか」

「十五歳のときです。疱瘡を患いました。幸いなことに命が助かり、あばたも残りませんでしたが、目をやられました」長瀬は少し間をおいてから続けた。「そのときまで七年間、将棋三家のひとつ、大橋本家の内弟子でした。遼平さんにもわかるでしょう。盤面を見ないで将棋を指せば、大駒一枚くらい棋力に差が出ます」

「はい、わかります」

「家元には江戸中の、いや日本中の神童が集まってきます。たとえ目が見えたとしても、そこで勝ち残るのは難しいことです」

よく通る声で、淡々と話してくる。

ときどき眉間の皺が深くなる。

閉じられた目の奥から、見つめられているような気がした。

「しかし、遼平さん」と長瀬は続けた。「これは私の感覚ですが、当時の私より今の私のほうが、強い気がするのです」

はいとも、いいえとも言えずに、遼平は長瀬を見つめた。

五人の男たちは黙って話に聞き入っている。煙管を取り出す者はいない。

「強いという言い方は、少し違うかもしれません。何と言えばいいのでしょうか……勝負の綾がよく見えるようになったと言ったほうがいいでしょうか。遼平さんはどんな気持ちで将棋を指しますか」

「平常心で指したいと思っています。気持ちが弱ければ負けます。気持ちが強すぎても負けますので」

「なるほど」

「長瀬さんと指す前に、実はある浪人と手合わせをしました。なけなしの一両をその浪人は賭けました。手合割は私の角落ちで、どっちが勝ってもおかしくない状況でした。私の印金は仙太郎さん持ちでしたから、負けても私の懐は痛みません。勝ちへの執念という意味では、浪人が勝っていたと思います。しかし浪人は負けました。気持ちが強すぎても負ける。この典型的な例だと思いました」

「執念が目を曇らせるということですね」

「そうです」

「どうすれば、平常心で指せると思いますか」

「心の鍛錬だと思っていますが、具体的に何をすれば常に平常心でいられるのか、どうしてもわかりません」

長瀬は黙ってうなずく。肯定にも否定にも取れる。

「長瀬さんはどう思われますか」

と遼平は聞いてみた。

「私は『無心』という言葉を使っています」

それもよく使われる言葉。

平常心と似ている。長瀬は続けた。

「心の鍛錬とは、結局のところ無心に至るための鍛錬だと私は思っています」

「無心に至るための鍛錬……」

「あなたはこの二日間、無心で指していました。それが私には、よく感じ取れました。その無心さを、あなたはどこで体得されたのですか」

「体得してはいません。たまたまそうなっただけです。環境や条件が違えば、心が乱されてしまうと思います」

実際に心が乱された。怯えが走った。たまたま今日は怯えの沼から這い上がれたが、無心という言葉からはほど遠い。

二百年近くも前の江戸には、奨励会という戦場はない。だから怯えが走っても、すぐに冷静になれたのではないか。奨励会に戻ったら、また『怯え』の沼に落ち、二度と這いあがれないのではないか。

「石田検校を知っていますか」

と長瀬は聞いてきた。

「はい」と遼平は言った。「長瀬さんが昨日、今日と使った戦法は、石田検校が考案した石田流三間飛車」

「そうです。盲目になったからこそ、石田検校はそれを考案することができたと私は思っているのです」

「盲目になったからこそ……」

「『平家物語』を読んだことがありますか」

国語の授業で部分的に読んだ、とは言えない。

「概要だけはどうにか……」

「『先帝身投』という章があることは？」

「いいえ、知りません」

「壇ノ浦の戦いで、源氏の兵たちが、平氏の船に次々と乗り込んで行って殺戮していく様子を描いた章です。そんななかで、平時子は当時八歳だった安徳天皇を抱いて、海中に身を投じるのです。『浪の下にも都の候ふぞ』と言って」

その言葉は授業中に聞いたことがある。

たしか、波の下にも都がございますという意味。

「浪の下とは、つまり目を患った後の自分だと思いました。将棋指しを諦め、家元を去った私が堕ちていった先は地獄……何もする意欲のない、ただの抜け殻でしたからね。しかしそこには都があったのです。目を患ったおかげで私は都、つまり無心を見つけることができたのです。きっかけは石田検校の棋譜でした。実家の年老いた母が、私の前でその棋譜を読み上げてくれたのです。石田検校の棋譜はすべて覚えています。石田流を継承し、自分なりの工夫を加えることが私の役目だと思っています。私は将棋を指しながら、たまに心のなかでつぶやくんですよ。『浪の下にも都の候ふぞ』と。そうすると不思議に心が澄んで、手がよく見えるようになるんです」

長瀬はふっと笑みを見せた。

浪の下にも都の候ふぞ……。

「もちろん」と長瀬は続けた。「無心になっても負ける時はあります。今日、私があなたに負けたように。しかしそれは技量の問題だと思っています。最終盤であなたが指した☖3九竜は、私には見えませんでした。まさに技量の差です。こればかりは、強い指し手と戦って身につけるしかありません。私はあなたと対局して、将棋の技を一つ、教えていただきました。お礼を言います」

長瀬は頭を下げた。

「こちらこそ、勝負の奥深さを教えていただき、感謝しています。努力して技を身につけ、無心で指す。これを心がけたいと思っています」

遼平も頭を下げた。

部屋はしんと静まりかえっている。

「遼平さん」

「はい」

「天野留次郎という名前を、聞いたことがありますか」

遼平は息を飲んだ。

「大橋本家の内弟子をしている男です。遼平さんと同じくらいの歳で、いずれ名人になるだろうと言われています。私もそう思っています。無心とはどういうことか、留次郎と指せばもっとよくわかるでしょう。どうですか、指してみませんか。私が橋渡し役をしますので」

間違いない。

天野留次郎こそ、後の天野宗歩。

幕末の天才棋士だ。

23

胸が躍る。

留次郎の都合もあるだろうから、今日明日というわけにはいかない。長瀬にはそう言われた。

もちろんわかっている。

わかっているが、朝を迎えるたびに今日こそは、今日こそはという思いが強くなる。まだ見ぬ留次郎の顔が、遼平のなかで膨れ上がる。

天野宗歩に関して遼平が知っていることは三つ。

一つ目は、抜群の技量をもちながらも、当時世襲制だった名人には推挙されず、段位も七段までしか上がらなかったこと。

二つ目は、実力十三段とも言われ、後に十三世名人関根金次郎によって棋聖の称号が贈られたこと。現在タイトル戦のひとつである「ヒューリック杯棋聖戦」の名前は、ここに由来する。

三つ目は羽生善治九段の言葉。「歴史上、誰が一番強いと思いますか?」という質問に羽生善治九段は、升田幸三実力制第四代名人と天野宗歩の名を挙げている。

遼平も天野宗歩の棋譜を並べてみたことがある。一番記憶に残っているのは、天保四年(一八三三年)に、五段になった留次郎が京の都へ行く途中、久米可六という尾州藩士と指した一局である。

後手の留次郎は角換わり腰掛け銀の戦法を取っている。現代将棋を見ているような感覚の指し手が続く。六十八手目の☖5五銀打からのスピード感あふれる指し手に、遼平は目を見張った。

怒涛の攻め。妙手好手が続く。久米は自玉を守るだけでせいいっぱい。一度も王手をかけられないまま、それからわずか二十手後、八十八手という短手数で仕留められている。

この留次郎と、逵平は対戦することができるのだ。自分の力がどこまで通用するか、試したくて仕方ない。

あれからもう三日。

湯屋から帰ってくると、店が開くまでのわずかな時間を、逵平は長瀬と対局したときの棋譜を見て過ごした。仙太郎が書き写してくれたものだ。

現代とは少し違っている。縦書きですべて漢数字。十一手で一行が終わり、十二手目からは次の行に移っていた。よく指せた、と自分でも思う。

長瀬は言った。『無心とはどういうことか、留次郎と指せばもっとよくわかるでしょう』と。

長瀬の将棋からも、逵平は無心を感じた。留次郎の無心というのは、もう少し違うものなのだろうか。

印金の二十五両を、逵平は仙太郎からもらわなかった。仙太郎に預かってもらうことにした。必要なときがあったら使うという約束で。

寝る前にきよと半時くらい話した。行燈の暗い明りのなかで火鉢を挟んで向き合う。逵平が買ってあげた玉簪がきよの髪にある。きよの平簪も逵平の髪に挿してある。

「おきよさん」

という呼びかけに、

「きよと呼んで」

と言われた。

「余計な心配かもしれないけど、印金はどうしているの」

「それは仙太郎さんが負担してくれている」

「仙太郎さんが……」

「心配ないよ、きよが目当てじゃないから」

きよは目をしばたたく。

遼平は続けた。

「僕の将棋を見るのが、楽しいらしいんだ。仙太郎さんだけじゃない。仙太郎さんの知り合いが何人か、僕たちの将棋が見たくて、川村屋さんの二階へ集まってくるんだ。その人たちが印金を出し合って、勝ったほうがその印金をもらう。将棋を指す人は、印金を出さない。出すのは観戦する人たち。歌舞伎や相撲を見るのと同じ、木戸銭だと仙太郎さんは言ってた」

遼平はきよと話すときは、話しやすいように『僕』に変えていた。

きよもそのほうがいいと言ってくれた。

「木戸銭……なるほどね」

「三日前に対戦したときには、二十五両、手に入れた」

「二十五両……そんな大金……」

「仙太郎さんに預けてあるんだ。必要になったときに、僕が使うという約束で」

きよの呼吸が荒くなる。

「でもさ」と遼平は続けた。「だからと言って、むやみに印将棋をしたりしない。きよとの暮らしを大切にする」

「本当に？」

「約束するよ」

きよはにっこりした。

しもぶくれの顔が、さらにふっくらする。

「天野留次郎という名前、聞いたことある？」

「ええと、わたしは聞いたことないけど……」

「大橋本家の内弟子さん。今度はその人と、指すことになりそうなんだ」

「大橋本家……というのは、将棋の家元のことじゃないんですか」

「うん、そう」

「そんな立派な人と……」

「間もなく指せる日が決まると思うんだけど、もし決まったら、その日だけはお店に出られないかもしれない。旦那さん、許してくれるかな」

夕食後なら仕事に影響は出ない。

しかし留次郎が昼間の時間を指定してきたら、それに従わなくてはならない。

「わかった。おとっつぁんに聞いてみる」

「うん、お願い」

火鉢の上で、指を絡ませた。

きよの指もふっくらしている。

「夫婦になる約束をしたこと、昨日、おっかさんに言ったんだ」

きよは絡みあった指を見ながら言った。

薄闇のなかでも、きよの頬が赤くなるのがわかった。

「びっくりしてた。でも、喜んでくれた」

「喜んでくれたんだ……よかった」

「おとっつぁんにはまだ言ってないけど、おっかさんからいずれ話は伝わると思う」

「喜んでくれるかな」

「うん、くれると思う。遼平さんにこの家で働いてもらおうと言い出したのは、おとっつぁんだから」

「新太郎さんには？」

「あいつはたぶん、知ってる。勘がいいから」

そう言って笑う。

江戸のことを、きよはいろいろ教えてくれた。今は梅の時期だが、もう少しすると桜の季節になり、大勢の花見客が汐留川の堤に集まって、桜を見ながら飲んだり食べたり大騒ぎをする。きよが住む長屋の店子たちも総出でお花見に行くと言う。

夏は花火。隅田川の川開きのときには、日が暮れると花火が打ち上げられる。両国橋は人であふれかえり、川には屋形船が何艘も浮かんで、船の上でみんな飲んだり食べたりの大騒ぎになる。

秋はお月見。お月様がきれいなときは、提灯を持たずに外出できるので、子供たちも夜遅くまで大人たちに交じって遊ぶ。江戸っ子はお月様が大好き。秋に限らず、夏でも春でも冬でも、お月様がきれいな夜はお月見に出かける人が多い。お月様を見ながら飲んだり食べたりするのが、江戸っ子はみんな大好き。

紅葉狩りや虫聴きもある。紅葉狩りで有名なのは、浅草の正燈寺。虫聴きで有名なのは日暮里の道灌山。道灌山にはきよも行ったことがあると言う。

そしてお正月。長屋の人はみんな寝て過ごす。三ヶ日だけは、このお店もお休み。おとっつぁんとおっかさんは、朝からお節料理を肴に酒を飲む。きよと新太郎は近所の子供たちと一緒に、朝から晩まで外で羽根つきをしたり、コマ回しをしたりして遊ぶ。大家さんが鏡餅を持ってきてくれたりする。

「早く桜の時期にならないかな」と最後にきよは言った。「汐留川の堤で、遼平さんと一緒にお花見をしたい」

きよが顔を寄せてきた。

唇と唇が触れ合う。

きよの唇は、柔らかくて少し冷たかった。

「お休みなさい」

ときよは言った。

「おやすみ」

と遼平も言った。

24

翌朝早く、重兵衛が部屋まで飛んできた。

遼平は目が覚めたばかりだった。

「遼平さん」

重兵衛は土間で声を上げる。

「はい……おはようございます」

遼平は布団から身を起こした。

「おはよう。きよから聞いたよ。天野留次郎様と対戦するんだって?」

「はい、近いうちに」

遼平は布団の上に座って答えた。

「本当か……それはすごいことだ……しかし、どうしてそんな話に?」

重兵衛は筵の上に腰を下ろした。

遼平は盲目の棋士、長瀬歳三のことを手短に話した。

「その長瀬というお方は、大橋本家の元お弟子さんなんだな」

「そう言っていました」

「大橋本家と言えば、将棋三家のひとつ。御城将棋と言って、将軍様の目の前で将棋を指すことを許されているのは、将棋三家の名人か優れたお弟子さんたちだけだ。天野留次郎様と言えば、大橋本家でもっとも注目を集めている若手棋士……遼平さん、こういうことを知っているのか」

もっと先のことまで知っている、とは言えなかった。

「長瀬さんから聞きました。留次郎さんは、いつか名人になるだろうって」

「そうだよ、そういう噂だよ。江戸っ子はみんな将棋が好きだからな。留次郎様のお名前はみんな知っているよ。そういう方と遼平さんが指すなんて……いやぁ、たいしたもんだが、どうしたもんかな」

「間もなく対局日が決まると思いますので、昼間でしたら、そのときだけお店を休ませていただきたいのですが」

「もちろんだよ、一日でも二日でもいいから、休んでくれよ……しかし、その着物じゃまずいかもしれないな」

「いいえ、私はこれでいいです」

「しかしなぁ、相手は将棋三家のお弟子さんだぞ」

「着ているものに文句をつけるような人でしたら、対局しません」

重兵衛は、うーんとうなって腕を組んだ。

「お願いがあるのですが」

遼平が言うと、重兵衛は顔を上げた。

「留次郎さんとの対局のことは、誰にも言わないようにしてほしいんです。みんなに伝われば、騒がしくなってお店に迷惑がかかりますから」

「迷惑なんてどうってことないが……まあ、そうだな。言わないほうがいいだろうな」

「お願いします」

「わかった」

重兵衛は腰を上げたがすぐに座り直した。

「きよのことだが……」

「はい」

「夫婦になる約束をしたそうだな」

「はい、許していただけますか」

「許すも何もないよ。こっちが望んでいたことだ」

「ホントですか」

「ああ、本当だ。かかあも喜んでいる」

「ありがとうございます」

「しかしなぁ……逵平さん、本当に大丈夫なのかい」

「何がですか」

「天野留次郎様と対局したあと、大橋本家の弟子になりたいなんて言い出すんじゃないかと思ってな」

逵平は笑って首を横に振った。

「それはありません。おきよさんとの暮らしを大切にします」

出まかせではなく、心からそう思った。

江戸で生きるなら、この人たちと生きたい。

湯屋から帰った後、新太郎と一緒に手習いのお師匠さん、春日洋之助の暮らす裏長屋へ行った。春日にだけは、知らせておこうと思ったのだ。

春日は遼平を笑顔で迎えてくれた。

「久しぶりですね、遼平さん」

目尻に刻まれた深い皺を、遼平は懐かしい思いで眺めた。

「この前は、ありがとうございました」

もちろん、シーボルトのことは口に出さない。

それは大人の話。

「もう、仕事には慣れましたか」

「はい、足手まといにならずに、動けるようになりました」

「遼平さんはもう、おいらより仕事ができます。おいらはいつ、奉公に出てもだいじょうぶです。安心しています」

「そうか、それはよかった。ちょっと待て、お茶を煎れてこよう」

新太郎が手伝って熱いお茶を煎れてきてくれた。

遼平はお礼を言い、この間のことを手短に春日に話した。春日は相槌を何回か打ち、ときどき質問してまたうなずくことを繰り返した。

「そういうことがあったのか……天野留次郎という名は、江戸だけでなく、上方にも地方にも知れわたっている。棋力では、師である十一代大橋宗桂をすでに超えているのではないかという噂もある。あなたたちが対戦するなら私もぜひ観てみたい……しかし木戸銭が五両と言うのは、高すぎるな」

「最初は一両だったんです。なぜ五両に上がったのか、わかりません」

「観る者の数を絞るためではないかな。あなたの将棋が、将棋好きの旦那衆に評価されたんだと思う。留次郎さんとの対戦となると、木戸銭はもっと跳ね上がるだろう。十両かあるいは二十両か……五十両出しても観たいという人も出るかもしれない。留次郎さんが素人衆と指すこと自体、きわめて珍しいはずだからな」

「観る人も、増える可能性がありますか」

「あると思う。しかし二十人も三十人も押しかけるわけにはいかないから、どうするんだろうな」

春日は茶を飲んでから続けた。

「仮に一人三十両。十人が集まったとしよう。印金の合計は三百両。そんな大金、遼平さんはどうするつもりだ」

「まだ勝つと決まったわけじゃ……」

「仮にの話だ。そういう対戦に何回か勝てば、あなたは大尽暮らしができる。しかし確実に生活が荒れる。私は以前、遼平さんに勧めましたね。煮売茶屋の仕事をしながら、ときどき大店の旦那衆に将棋の手ほどきをしてやって小遣い銭を得る。そういう方法が一番いいと」

「はい、覚えています」

「一度に何百両と手に入る仕事があれば、煮売茶屋の仕事は続ける気にならないんじゃないですか」

いいえ続けます、と思ったがなぜか言えなかった。春日は続けた。

「どうしますか、遼平さん。わざと負けますか」

「いいえ、それはできません」

「じゃ、どうしますか」

印金は一両にする。それ以上にはしない。観戦者はくじ引きで五名に限定する……そんなことを考えているときに、春日は笑い出した。

「冗談だよ、遼平さん」

「えっ……」

「脅かして申し訳ない。遼平さんの心を知りたかったので、あえてこんな質問をしてみたんだ。今回に限り、印金は無しになるはずです」

遼平が驚いていると春日は続けた。

「留次郎さんは、印将棋を望まないでしょう。金のために、家元の弟子が印将棋に手を出したとなれば、家元の権威は地に堕ちる。留次郎さんの将来にもかかわる」

今まであまり考えていなかったことを、春日は指摘してくれる。

春日はさらに続けた。

「長瀬というお方はたぶん、その場にいた人以外には誰にも知らせずに、あなたと留次郎さんが対戦できるよう計画しているのではないかと思います」

川村屋の二階には勝手に出入りできない。対局場所としてはもってこいのところ。しかし長瀬、仙太郎、三井、花山、松野、大河内の六人はその場に来るはずだ。それぞれの役割があるから。

「遼平さん」

「はい」

「留次郎さんとは、思う存分の立ち合いをしてください。しかし……くれぐれも大人の話を忘れないように」

春日が笑ったので遼平も笑った。

長瀬歳三から連絡があったのは、その日の夕方だった。

25

果たして、春日洋之助の言うとおりになった。

立会人一人。棋譜読み上げ一人。棋譜記録一人。盲目の長瀬を誘導する者二人。そして長瀬。合計六人だけが、対局の部屋に入れることになった。

遼平は微笑んだ。結局、この前の五人と長瀬をうまく配置したことになる。

印金は無し。駕籠代として留次郎に一両。遼平に一両。それだけだった。対戦する場所は川村屋。今日の宵五つに開始する。その後の対局予定は未定。

これらのことを夕方、仙太郎が報告しにきたのだ。

お店ではなく、木戸のところで仙太郎と遼平は話した。万が一にも口を滑らせてはいけないということで、仙太郎は飲まずにそのまま帰っていった。宵五つ少し前に迎えに来ると言い残して。

遼平は少し早めに部屋にもどった。重兵衛とおかみさんが気配を察して、そのように配慮してくれたのだ。お店もいつもより早く閉めた。

遼平が暗い部屋で目を閉じて座っていると、重兵衛の声がした。

「遼平さん、入ってもいいかい」

「はい、どうぞ」

重兵衛の背後に、おかみさんときよと新太郎の姿があった。

みんな神妙な顔をしている。

おかみさんは風呂敷包みを持っていた。四人は板の間に上がり込んで筵に座った。きよが行燈に火をともす。

「今日なんだね」

とおかみさんが言う。

「はい、宵五つからです」

と遼平は答えた。

「あと半時ほどだね。緊張するね」

「はい、少し」

遼平は笑った。

「邪魔するつもりはないんだよ。用事が済んだら、さっさと退散するから。これを持ってきたのさ」

おかみさんは風呂敷包みの結びを解いた。

「これは、うちの人が、若い時分に着ていたものなんだよ。もう歳だから、こんなものは着られないけど、遼平さんなら着られると思ってね。私が仕立て直したんだよ。間に合ってよかったよ」

おかみさんは着物を広げてみせた。

紺色の地に細くて白い縦縞が入っている。

「着てみてくれないか」

重兵衛が言う。

「はい」

遼平は短く返事をして立ち上がる。二枚重ねの着物を脱いで裸になり、下はジーンズだけになった。おかみさんが後ろへ回ってまず白っぽい着物をかけてくれた。

「これは肌襦袢と言われるものだよ。本当はこの上に長襦袢があればいいんだけど、そこまでは手が回らなくてね」

と言いながら、その上に紺色の着物をかけてくれた。遼平が袖に手を通すと、きよがそばに来て帯を巻いてくれた。金色の地に紺の横縞。

帯を巻き終えると、遼平はくるっと回るように言われた。

「うん、いいじゃないか」

重兵衛が言う。

「男前だね。歌舞伎役者みたいだよ」

おかみさんも言う。

「似合ってる」

きよも言う。

「おいらも遼平さんみたいになりたいな」

新太郎も続いて言う。

「気に入ってくれたかい」

おかみさんが言うので、

「はい、素晴らしいものを、ありがとうございます」

遼平は筵に手をつき、頭を下げた。

「今日はそれを着て、思う存分、将棋を指してきなさい」

重兵衛が言う。

心づかいがうれしかった。

「それじゃ、私たちは退散するよ」

四人は立ち上がった。

遼平はお礼を言って土間へ下りた。きよだけが残った。

「遼平さん」

きよは指を絡ませてきた。

「きっと帰ってきてね」

きよの目に涙があふれてきた。

「心配ないさ。この前もちゃんと帰ってきたじゃないか」

「勝っても負けても、きっと帰ってきてね」

大橋本家の内弟子になりたくなった。だからこのお店には戻らない。重兵衛からそんな心配を聞いたのかもしれない。

「うん、帰ってくる。きよのところへ帰ってくる」

遼平が涙を指で拭ってやると、

「それじゃ、頑張ってね。木戸のところで帰りを待ってるから」

と言って二階へ駆け上がっていった。

遼平は筵に座ると、じっと行燈の火を見つめた。

26

仙太郎と遼平が川村屋の二階に着くと、壁際に四人がすでに揃っていた。左から順に花山伊兵衛、三井伝次郎、長瀬歳三、歌舞伎役者の大河内菊五郎。

「お待たせいたしました」

仙太郎は畳に手をついて挨拶した。

遼平も隣で畳に手をついた。

「間もなく天野留次郎が来ると思います」

長瀬がよく通る声で言った。

松野利平がいない。おそらく天野留次郎を迎えに行ったのだろう。

部屋には太い蝋燭が三本もあった。炎がときどき揺れる。中央に将棋盤と駒袋が置いてある。

将棋盤のそばには駒台として使う白い懐紙が二枚ある。

遼平は下座につくと、座布団に座り目を閉じた。

無心であること。そうすれば自分の心が見える。相手の心も見える。長瀬の言う『無心』を遼平はそう理解した。

勝ち負けは、最後の最後に必然的に訪れるもの。その一歩手前までは自分の力でどうにかなるが、勝ち負けはその向こう側にあるもの。

届いたと思ってもこぼれてしまう勝ちがある。もう届かないと思っても、不意に転がり込んでくる勝ちもある。

まだ少し心が波立っている。

懐に手を当てた。

きよにもらった簪を握りしめる。

——きっと帰ってきてね。

というきよの声が蘇る。

今日はなぜか、切迫した声だった。

——心配ないよ。勝っても負けても、きっと戻るから。

心の波が鎮まった。

階段を踏む足音が聞こえてきた。

遼平は目を開けた。やがて障子がすっと開いた。

若い男の姿があった。若い男は黙って部屋のなかに足を踏み入れた。背後から利平が入ってきて、すっと障子を閉めた。

——この男が天野留次郎……。

遼平は留次郎の動きを目で追った。濃い茶色の質素な町人風の着物を着ている。留次郎は遼平と同じくらいの歳だと長瀬は言っていたが、髷を結い月代をきれいに剃ってある留次郎は、二十歳くらいに見えた。

留次郎は黙って上座についた。背後に床の間がある。

顔を上げると目が合った。

真っすぐに見つめてくる。遼平の目を見ているというより、その目を通り越して、ずっと遠くを見ているようだ。

一度は収まった心の波が、まだ騒ぎ出した。しかしそれは心を乱す波ではなく、深い喜びを心の全体に広げていく波だった。

「十一代大橋宗桂門下、三段の天野留次郎です」

低いが、穏やかな声だった。

「中島遼平と申します」

遼平も名乗り、頭を下げた。

「事の次第は長瀬さんから聞きました。今日という日を、心待ちにしておりました」

「私も、一日千秋の思いで待っていました」

留次郎の目がかすかに和んだ。

目の前には、後の天野宗歩がいる。幕末の天才棋士と言われたあの宗歩が。指せるだけでも幸せだが、指しただけで終わりたくない。彼が何を考え、何を思い、その結果どんな手を指すのか。そのすべてを感じたい。

「手合割は私の角落ち。これで指してみましょうか」

「はい、お願いします」

三段とは言え、相手は幕末の天才棋士。

角落ちは順当な手合割だ、と遼平は思った。

ここで勝てれば、平手戦を希望することができる。

部屋のなかが少しざわめく。立会人は三井伝次郎。棋譜読み上げは花山伊兵衛。棋譜記録は仙太郎。長瀬と利平と大河内菊五郎は壁際に控えている。

留次郎と遼平は盤上の駒を並べ始めた。並べ終わると、留次郎は自陣の角を駒袋のなかに戻した。

黙って一礼する。

留次郎はすっと手を伸ばすと☖6二銀と指した。遼平は☗7六歩。以下☖5四歩☗5六歩☖8四歩☗6八銀☖5三銀☗4八銀☖8五歩☗7七銀☖6二金☗5八金右☖6四歩☗6六歩☖6三金☗6七金☖7四金（1図）と進んだ。

遼平は居飛車、矢倉囲いを選んだ。角落ち下手がよく用いる戦法である。それに対して留次郎の△7四金は珍しい指し手。遼平は初めて見た。

おそらく留次郎の工夫だろう。金を繰り出すことで歩交換を可能にして、局面を打開しやすくする狙いなのか……まだ真意はわからない。

(第13局1図　△7四金まで)

▲遼平　持駒　なし

△留次郎　持駒　なし

留次郎は長瀬と同じように、一定の間隔を置いて指してくる。ノータイムで指すこともないが、立ち止まったりもない。

よくしなる指で駒を持ち、すっと盤上に置くように指す。その瞬間、駒が盤に張り付くような、澄んだきれいな音がする。

以下▲7八金△4二玉▲2六歩△6五歩▲同歩△同金▲2五歩△3二玉▲6六歩△6四金と進んだ。

思った通り、金が出てきた。飛車とこの金が連携して攻撃をしかけてくるはず。この金をうまく押さえ込めるかどうかが勝負の分かれ道になる、と遼平は読んだ。

不思議に心の乱れはなかった。長瀬と対戦したときは、怯えの沼へ一度ははまりかけた。しかし今日はなぜか気持ちが乱れない。

中盤のねじり合いに突入した。

以下▲7九角☖4二金▲6九玉☖4四歩▲2四歩☖同歩▲同角☖2三歩▲6八角☖7四歩▲3六歩☖7三桂▲7九玉☖9四歩▲9六歩☖4三金▲8八玉☖3四歩▲4六歩☖3三桂▲4七銀☖7五歩▲同歩☖同金▲7六歩☖7四金▲3七桂☖4二銀上▲4五歩☖同歩▲3五歩☖同歩▲同角☖3四歩▲6八角☖6五歩▲2二歩と進んだ。

この▲2二歩は敵陣の急所を突く歩打ち。同玉と取れば上手の玉の囲いが乱れる。いずれ手を戻されるだろうが、その間に遼平も指し手を進められる。放っておけば▲2一歩成として、攻めの拠点が作れる。上手は☖2一同玉とはできない。▲2三飛成とされてしまうからだ。

留次郎は☖同玉とした。以下▲3六銀☖3二玉▲3五歩☖同歩▲同銀☖3六歩▲2四歩☖同歩▲同銀☖3七歩成▲2三銀成☖4一玉▲2四飛☖6六歩▲同銀☖6五歩▲5五銀☖2二歩（2図）となった。

（第13局2図　☖2二歩まで）

☖留次郎　持駒　桂歩三

▲遼平　持駒　歩二

☖6五歩に対して☗5五銀は会心の一手だと遼平は思った。☖同歩には☗7四飛と金を取る。放置すれば☗4四歩。こうなければ優勢。

しかしこれに対して、留次郎は手を止めることもなく☖2二歩とした……狙いがわからなかった。どんな意味があるのだろう。

遼平は手を止めた。相手の指し手の意味がわからないことが多いと、棋力に差があると言われている。ここで遼平が☗4四歩としたらどうなるのか……そう思ったとき、遼平は留次郎の意図に気がついた。留次郎の狙いは二つ。

一つ目は、☗同成銀と取らせることで、将来☗4三歩成☖同銀とした後の、☗3三成銀の変化を消すこと。二つ目は8二の飛車を攻めだけでなく、横利きを利用して間接的に飛車の利きに成銀を入れること。

さり気ない妙手である。この妙手で、後手玉への攻めが一手以上遅くなっている。遼平はそれまで、角一枚の差があるためにかなり自分がいいと思っていたが、この☖2二歩を見て、その差が縮まりかなり難しくなったのを感じた。

だが、怯えは湧いてこなかった。逆に心が躍っている。これが天野宗歩の将棋なのだ……遼平は心のなかで繰り返した。

2図以下、遼平は意を決して☗同成銀とした。留次郎は☖6六桂と攻め込んできた。遼平も踏み込んでいくしかない。

以下▲4四歩△7八桂成▲同玉△6六歩▲同金△5五歩▲4三歩成△同銀▲7四飛△2二飛▲2三歩△6二飛▲6三歩△同飛▲6四歩△同銀▲3五桂△6七歩▲同金△5八銀▲4三桂成（3図）と進んだ。

難しい局面だが、留次郎は険しい表情はしていない。しかし和やかな顔とも違う。わき目もふらずそこにいるという目。

たぶん、留次郎には誰も見えていないのではないか。

（第13局3図　▲4三桂成まで）

遼平さえも見えていないかもしれない。

角一枚のハンデがある分、自分のほうがわずかにリードしている。しかし留次郎は、遼平の読みより一段階厳しい手で迫ってくる。その差は急速に縮まっている。

△5八銀に対しては、一瞬受ける手を考えた。そのほうが攻めこまれたときに一手伸びる……いや、と遼平は首を振った。ここは踏み込んでいくべき。

▲4三桂成はそんな思いを込めた一手だった。

初めて留次郎の手が止まった。

目は盤面に注がれているが、右手は膝の上に置かれたまま。表情に変化はない。盤のなかへ深く、入り込んでいくような目だった。

やがて留次郎は△6七銀成とした。遼平▲同玉。以下△7五銀▲6四歩（詰めろ）△6六銀打▲7八玉△4三飛▲7五歩△6七金▲8八玉△6八金▲5二銀（投了図）としたところで留次郎は、

（第13局投了図　▲5二銀まで）

「これまでですね」

と低い声で言った。

おおっという押し殺した声が上がったが、すぐに静かになった。

「ありがとうございました」

遼平は深々と頭を下げた。留次郎も頭を下げた。

指し手に迷ったことは何度もあった。すべて最善手だったとは思えない。しかし怯えたり、かっと頭に血が上ったりはしなかった。

長瀬と対局した経験が大きかったのか……あるいは留次郎が目の前にいたからか。留次郎の指し手に応えるためには、怯えの沼なんかにはまっている暇

はない。留次郎が遼平を、沼から引き上げてくれたのではないか。

遼平の☗6四歩の時点で、いやその前の☗4三桂成の時点で、留次郎は自玉の詰みを読み切っていたのかもしれない。

遼平の力量を認めて無駄な受けはせずに、最後は一手違いのきれいな形に持って行って投了した。そんな思いが伝わってくる。

投了図以下の一例は☖同玉☗6三金☖4二玉☗5一銀☖4一玉☗5二銀☖3二玉☗2二金まで、一枚の持ち駒も余らずに詰み。

「あなたはどこで将棋を学んだのですか」

留次郎は聞いてきた。

「祖父に教わりました」

「その方は、家元に関係のあるお方ですか」

「いいえ、田舎のただの将棋好きです」

「あなた自身はどうですか。家元の誰かに師事したとかは？」

「そうしたことはありません」

師匠もいるし奨励会三段リーグにもいる。そういう意味では、留次郎と同じ境遇にいるのかもしれない。

留次郎は腕を組んだ。

「確かに不思議ですね。長瀬さんの言うとおりだ」

留次郎は壁際の長瀬に目を向けた。

長瀬の口元が少し緩んだ。留次郎は遼平に視線を戻して続けた。

「私に角落ちで勝った素人衆は、あなたが初めてです。それだけではありません。指し手に心が込められている。一手の背後にある迷いや決意が、こちらに伝わってくる。言ってみれば駒と駒との対話。これは家元の将棋指しにしかできない秘儀なのです」

駒と駒との対話……意味はわかる。

「仕事は何をしているんですか」

「一町ほど先の煮売茶屋で働いています」

「ほう、煮売茶屋ですか。私の実家は、水茶屋をやっているんですよ」

遼平が笑うと留次郎も笑った。

留次郎は笑うと目じりが下がり、愛嬌のある顔になる。

水茶屋というのは、通りや社寺の境内で、湯やお茶などを出してお客さんを休息させるところ。きよと一緒に千駄ヶ谷八幡宮へ行ったとき、見たことがある。

「おれの言った通りだろう」

長瀬がよく通る声で言う。

「はい」

と留次郎。

「おまえに似ていると思うんだが、どうだ」

「確かに歳も背丈も同じくらいですね。実家の仕事も似ているし、目元と顎のあたりも似ているかもしれません」

「そういう意味じゃない」

二人の笑い声が弾ける。

遼平も、居並ぶ男たちも笑った。

「遼平さん」

留次郎の目が遼平に向けられる。

「はい」

「明日、二局指しませんか。今度は平手で」

「ありがとうございます。ぜひお手合わせ、お願いします」

「まったく、見上げたもんだよ、屋根屋の褌だよ」

帰り道で仙太郎が言う。

たぶん、ほめているんだろう。遼平は懐から簪を出して髪に挿した。

「私もうれしいです」

まだ興奮が続いている。

「私も鼻が高いよ。中島遼平という将棋指しを世に送り出したのは、まぎれもないこの私なんだからな」

大げさな言い方だが、素直にうれしかった。

仙太郎は続けた。

「あんたの強さは本物だ。いや、そのことは前からわかっていたんだが、天下の天野留次郎に角落ちで勝つなんてのは、尋常じゃねぇ。明日は平手戦だろう」

「はい」

「もしそれで勝ったら……」

「勝つか負けるかは、わかりませんよ」

「だから、それだよ。わからねえってないってことは、勝つかもしれないってことじゃねぇか」

仙太郎は甚五郎のような口調になっている。仙太郎は続けた。

「天野留次郎に平手で勝つなんてことがあったら、あんた、大橋本家のお弟子さんになれって言われるんじゃねぇか」

「そんなこと、ありませんよ」

「いや、聞いた話なんだが、家元の息子が名人になれるわけじゃねぇ。将棋も強くなければならねぇし、品格も大切だ。そういう息子がいないと、家元は内弟子のなかで、これはと思う男を選んで養子縁組をするんだ。そしてその内弟子に、他家の名人候補と対戦させる。勝てばその内弟子が名人に推挙される。天野留次郎という人は、いずれ大橋本家と養子縁組をするだろうと言われている。そんな人に勝ったら……」

「あまり先走らないでください」と遼平は言った。「今の私には、そんな気持ちはありません。煮売茶屋で働いて、時間があるときに、こんなふうに将棋を指すのが、自分に一番合っています」

「もったいねぇよ、遼平さん」

「いいえ、私はそれがいいと思います」

「おきよさんのことか……」

提灯の明かりのなかに、仙太郎の顔が浮かび上がった。

「えっ……はい」

「わかってるよ。あんたら二人の仲は、お店で見ていりゃわかる。お似合いだよ。この際だ、私はきっぱり諦める。その代わり、あんたの将棋をとことん見たいんだ。今日は眠れねぇんじゃないかな」

遼平は笑ってうなずいた。

お店の前に来た。木戸のすぐ内側に、きよの姿が見えた。

「ここからは、私の出る幕じゃないな」

仙太郎はそう言うと、

「じゃ、明日だな。今日と同じ宵五つに迎えに来る……おっと、いけねぇ。忘れるところだった。駕籠代だ」

仙太郎は巾着から一両を取り出すと、遼平の手に握らせた。

「もうひとつ、大事なものを忘れてますよ」

遼平は掌に字を書く真似をした。

「棋譜は明日持ってくる。他の観戦者にも、写しを渡す約束だから」


きよは遼平の顔を見ると、聞いてきた。

「勝ったのね」

「うん、角落ちで勝った。明日、平手戦がある」

「ひらてせん……何だかわからないけど、すごい、遼平さん」

戸を開けて長屋のなかに入った。

遼平が部屋に行って待っていると、きよがお茶と手燭を持ってきた。手燭から行燈に火を移す。

「本当におめでとう、遼平さん」

火鉢を挟んできよは言った。

「ありがとう。この着物のお陰かな。旦那さんとおかみさんに、お礼を言わないと」

「すごく似合う」

「僕も気に入っている」

きよは指を絡ませてきた。

「ちゃんと帰ってきただろう？」

「うん……」

「まだ心配？」

「だって……」

「明日は二局指すから、今日より帰りが遅くなると思う。でも心配しないで。きっと帰ってくるから」

「遅くなるって、どれくらい」

「たぶん、半時から一時くらいは……」

きよはうつむいてうなずく。

まだ心配なようだ。

「はい、一両。おきよさんが預かっておいて」

きよは目を上げた。

「印金じゃないから心配しないで。駕籠代だから」

「仙太郎さんと歩いて帰ってきたのに？」

「手間賃みたいなものさ」

「……わかった、預かっておく。天野留次郎さんて、どんな人だったの？」

「僕より一つ上。でも西洋式に数えると、同じ歳じゃないかな」

「そんなに若いんだ」

「髷を結っていて、月代もきれいに剃ってあった。背は僕と同じくらい。真っすぐな目をしていた」

「真っすぐな目……」

「ひとつのことを追い求めているような目」

「じゃ、遼平さんの目とは違うね」

「えっ……」

「遼平さんは、わたしを追い求めていない。将棋に気持ちが行ってしまってる」

遼平は苦笑して肩をすくめた。

「遼平さん」

「うん？」

「必ず帰ってきてね。いつものように木戸で待っているから」

帰ってくるという意味が、やっとわかった。

きよは唇を寄せてきた。

着替えると、行燈の灯を消して布団に横になった。

天野留次郎の顔が暗闇に浮かんだ。目が忘れられない。目の前のものを見ていながら、もっと遠くを見つめている目。

将棋を指しているときも同じだった。将棋の奥にある、何か別の世界を見ているようだった。どういう世界が見えていたのだろうか。そこにも木があり、家があり、人が生きているのだろうか。それともまったく人のいない荒野なのだろうか。

明日、また天野留次郎と会える。留次郎と平手で指せる。

今日は無心で指せた。

この江戸は、遼平にとって『浪の下』なのかもしれない。

27

二局なので先後交替して指すことになった。

一局目は先手遼平。後手留次郎。

——将棋は日々、進化している。これから二百年の間に、攻めも守りも大きく進化を遂げている。その進化の成果を、幕末の天才棋士にぶつけてみたらどうなるか。

朝起きてからも、このことばかり考えていた。

序盤はたぶんリードできる。この差を維持できれば勝てるのではないか。そういう思いと、やはり中盤から終盤のねじり合いで逆転され、最後には負けてしまうのではないかという思いが交錯する。

逆転されるなら、天野留次郎はどこでどういう手を指してくるのか。それを自分の目で確か

（第14局1図　☗3五歩まで）

☗遼平　持駒　歩

☖留次郎　持駒　歩

めたかった。

留次郎は静かに座っている。中年の女がすっと部屋に入ってきてお茶を置くと、すっと去って行った。

遼平は息を整えると☗2六歩と突いた。留次郎は☖8四歩。以下☗2五歩☖8五歩☗7八金☖3二金☗2四歩☖同歩☗同飛☖2三歩☗2六飛☖3四歩☗1六歩☖1四歩☗3八銀☖6二銀☗3六歩☖8六歩☗同歩☖同飛☗8七歩☖8二飛☗5八玉☖6四歩☗7六歩☖6三銀☗3五歩（1図）となった。

遼平は中原流相掛かり。中原誠十六世名人が得意にしていた戦法なので、その名がつけられた。相掛かり自体は、留次郎が生きていた幕末にもあったが、中原流はそれに独特の工夫を加えている。

ここまでは留次郎も遼平も、特に手を止めることはなかった。さあ、ここからだ。3八の銀が出て行くとどうなるか。

1図以下△同歩▲3七銀△5四銀▲4六銀△8八角成▲同銀△2二銀▲3四歩△5二金▲3八金△4四歩▲7五歩△4三銀▲5五銀（工夫の一手）△6三金▲7七桂△3四銀▲8六飛△8四歩▲6六飛△4二金（2図）となった。

遼平は手を止めた。

（第14局2図　△4二金まで）

▲遼平　持駒　角

△留次郎　持駒　歩二

2図数手前の▲5五銀が工夫の一手。普通は▲3五銀だが、△3三歩と合わせられると2二の銀が働いてしまう。

もちろんそれで先手が悪いわけではないが、本譜は▲3四歩を取らせている間に中央から動いて、壁銀のまま本格的な戦いを起こす狙いだった。

しかしそれに対して、△4二金は遼平の意表をついた受け。まったく読みのなかにはなかった。てっきり▲6四銀を防いで△6二飛ぐらいかと思っていた。

遼平はお茶を口に含んだ。咽喉の奥がふっと温まり、気分が落ち着いた。立会人は三井伝次郎。棋譜読み上げは花山伊兵衛。棋譜記録は仙太郎。長瀬と利平と大河内菊五郎が壁際に控えているのは昨日と同じ。

部屋はしんとしてしわぶきひとつ聞こえない。緊張の糸がピンと張りつめている。遼平はお茶を茶托に戻すと、再び盤面を見た。

☖４二金は一見するとどのくらい利いているかわかりにくい手だ。５三の地点を守っているようにも見えるし、将来、４一から３二へ玉の逃げ道を作っているとも取れる。間接的に☗６四銀を出づらくしている手だとも思える。

果たして５五の銀を進めていいのだろうか。

それとも力をためるべきか。

☖４二金は遼平の知らない感覚……そう言えば、昨日の☗５五銀に対する☖２二歩もそうだった。将棋の奥にある、別の扉が開かれたみたいだ……しかし、ここで引き下がるわけにはいかない。遼平は強く☗６四銀とした。留次郎☖同金。

以下☗同飛☖５五角☗７一角☖６四角☗８二角成☖１九角成☗７一飛☖６一歩☗７二馬☖５二銀☗８一飛成☖２九馬☗３九金打☖１九馬☗９一竜☖４一玉☗２八香☖３二玉☗６四桂☖４三銀上☗６一馬☖５四香☗８二竜☖４五桂☗４八金上☖３一銀☗６五桂☖２九飛☗５三桂成☖２八馬☗５四成桂☖３八馬☗同金☖５六歩☗３九歩☖５七歩成☗６九玉☖７六香☗７七香☖３七桂成（３図）と進んだ。

十分に戦えている実感がある。途中の▲８一飛成が緩手で、先手が少し悪くなったような気がするが、かなり際どい。ギリギリのところでバランスを保っていると思う。遼平に妙手が出るか、留次郎に緩手が出れば逆転する。

現在、先手玉は詰めろではないので、

（第14局3図　△３七桂成まで）

▲遼平　持駒　角歩二

△３八成桂が来る前に後手玉に詰めろで迫れれば遼平の勝ち。大駒も急所に利いている。何かありそうだが……それにしても、遼平の▲８一飛成を見逃さずに、緩急をつける指し回しで優位に立った天野留次郎。その技を目の当たりにしていることに、遼平はしびれるような快感を覚えた。

遼平は▲４三成桂と踏み込んでいった。留次郎△同銀。本当はここで寄せきりたかったが、寄せの手順がどうしても見つからなかった。仕方なく▲５二桂成。これは後手玉に際どく迫る手である。留次郎は盤面を静かに見つめたまま、同じ呼吸で指してくる。

以下△同銀▲同馬△３八成桂▲５九歩（遼平粘る）△５六桂▲６五角△２一玉▲５六角△３九飛成

☗2三角成△同玉☗3四銀△1三玉☗7三竜△4三桂まで遼平投了（投了図）。☗5九歩から☗6五角は遼平渾身の粘りだが、△3九飛成を見て遼平は自分の負けを覚悟した。留次郎は2筋に飛車が居なくても自玉が詰まないことを読み切ったのだ。

手応えはあった。しかし留次郎は強かった。読みの深さが違っていた。留次郎が見ているのは、将棋盤の奥にある広大な海。その深いところから手が伸びてくる。

（第14局投了図　△4三桂まで）

☗遼平　持駒　銀桂歩三

△留次郎　持駒　角金金歩二

2図△4二金の懐の深さ。振り返って考えれば、あの△4二金によって遼平の☗6四銀からの攻めは封じられたのだ。

△4二金の意図が、すぐにはわからなかった。将棋という広大な海の、薄っぺらい海面しか自分には見えていないのを遼平は痛感した。

自信がなくなってからは、追いつけそうで追いつけない。追いつきそうになると読みにない手でまた離されてしまう。

これが天野留次郎、後の天野宗歩の将棋なのか……。

遼平は息を整えてから、

「負けました」

と告げた。

「ありがとうございました」

と留次郎は言った。

さっと場の緊張が解けたが、誰も何も言わない。

留次郎と遼平は、しばらく盤面を見つめていた。

負けた……しかし不思議に遼平の心は満たされていた。

奨励会では、負けるとしばらくその場を動けなかった。口惜しさや情けなさや不安などが一気に押し寄せてきて、気持ちの収拾がつかなくなるからだ。

しかし今の遼平は、悔しさはまったく感じなかった。情けなさも不安もない。喜びが心の底から湧き上がってくる。こんな経験は初めてだった。

顔を上げると留次郎は聞いてきた。

「この戦法は、初めて見ました。遼平さんが考案したものですか」

昨日と同じ、穏やかな声をしている。

「はい。相掛かりに自分なりの工夫をしました」

ひとまずはこう言うしかない。

「すさまじい足の速さと破壊力ですね。ここで☖6二飛と指していたら防戦一方になり、勝ちにくい将棋になっていたでしょう」

留次郎は2図の局面に戻して言う。

「しかし留次郎さんは☖4二金と指しました。深い読みに裏打ちされた、絶妙な一手だったと思っています」

「遼平さんの手に誘発された一手です。私も勉強になりました」

「途中までは互角の展開だったと思うのですが……」

遼平は自分の形勢判断を聞いてみたくなった。

「はい、私もそう思います」

「中盤で☖5二銀のあと、☗8一飛成としましたが、そこから少し形勢が悪くなったと考えていますが」

「そうですね。少し、私が楽になった気がします」

「終盤☗4三成桂としたとき、後手玉に寄せがありそうに思ったのですが、どうしてもその手順を見つけられなくて、仕方なく☗5二桂成としたのですが」

「私もそこは、寄せはないと思っています」

留次郎と遼平は駒をせわしなく動かす。

長瀬以外の五人は、身を乗り出すようにして聞いている。

今でいう、感想戦である。話し出すと熱が入ってきた。仙太郎が部屋を出ていき、川村屋の主人と一緒に戻ってきた。

二人の女が入ってきて、熱い蕎麦切りを全員に配る。留次郎と遼平は、それらを口にしながら話を続けた。

（第15局1図　☗3五歩まで）

☗留次郎　持駒　角

☖遼平　持駒　角

対局終了から、三十分ほど経ってようやく話が一段落ついた。

「二局目、指しましょうか」

留次郎の声を合図に、部屋がまたしんとなった。

今度は留次郎の先手、遼平の後手。

駒を並べ終えて一礼しても、留次郎の顔に変化はない。目の前のものを見ているようでいて、その先の何かをじっと見つめているような目。

留次郎はすっと指を伸ばすと☗2六歩と飛車先の歩を突いた。遼平は☖3四歩。以下☗7六歩☖8四歩☗2五歩☖3二金☗7八金☖8八角成☗同銀☖2二銀☗4八銀☖3三銀☗3六歩☖6二銀☗3七銀☖6四歩☗4六銀☖6三銀☗6八玉☖8五歩☗7七銀☖5四銀☗3五歩（1図）となった。

遼平は☖8五歩と突かないまま☖8八角成とした。淡路仁茂九段が工夫した、後手一手損角換わりの戦法である。

一手損角換わり自体は、江戸時代にもあった。角を手持ちにできるという利点がある反面、確実に一手損になるのでデメリットもある。

この戦法に独自の工夫を加えたのが淡路仁茂九段である。☖8四歩型のまま角交換をすることで、後手だけ☖8五桂からの攻め筋が残る。淡路九段はこの戦法によって、第三十三回升田幸三賞を受賞している。

遼平は後手のときは、この戦法をよく用いた。

戦型は遼平の腰掛け銀に対して、留次郎は早繰り銀。一手損角換わりに対して早繰り銀は有効な戦法である。それを留次郎が採用したことに遼平は驚いた。

先手が☗4六銀と早繰り銀で来たので、遼平も☖8五歩と突かざるを得なかったが、まるで遼平の頭のなかを読んでいるような指し手。

それ以外にも☗6八玉とすることで、将来2筋の歩交換のとき☖1五角の王手飛車を消しているし、☗4九金は動かさないほうが隙が少ない。ここまでの留次郎の手順に無駄手はなく、まるで現代の棋士と対戦しているようだ。

遼平は手を止めた。1図以降☖同歩☗同銀に☖8六歩と突いて急戦でいくか、☖4四歩と突いて▲3四歩△同銀▲2四歩△同歩▲同飛△2三金で持久戦でいくか……。

留次郎は対局が始まってからずっと表情を変えない。盤面を見ながら、その奥に広がる風景を見ているような目。

遼平はお茶を口に含むと、△3五同歩として急戦を選んだ。

（第15局2図　▲6八歩まで）

以下▲同銀△8六歩▲同歩△8五歩▲2四歩△同歩▲同銀△同銀▲同飛△2三歩▲2八飛△8六歩▲8四歩△6五歩▲7五角△5二金▲5八金△5五角▲4六銀△4四角▲5六歩△4二玉▲3六歩△7四歩▲4八角△3四歩▲5五歩△同銀▲4五銀△3三角▲3四銀△2四角▲6九玉△1四歩▲8六銀△6六歩▲3七角△5四歩▲5六歩△6七歩成▲同金右△6六歩▲7七金寄△3三歩▲5五歩△3四歩▲5四歩△6二飛▲6八歩（2図）となったところで、遼平は再び手を止めた。

少なくとも1図までは互角。しかし2図になると、遼平が少し苦しい。はっきり悪い感じもないが、自信のある局面でもない。何が緩手だったのか遼平にはわからなかった。留次郎にも、これだという攻め筋はないような気がする。

安定した指し手を積み重ねることで、優勢に持って行く技術ということか。遼平から見ると、常に手を渡されているような圧迫感を覚える。しかし不思議に怯えはなかった。無心で指せている、と思う。

2図で、留次郎の狙いは☗5三銀と☗9一角成。2つを同時に受ける手はないから、遼平としては攻め合いを目指す手を探すしかない。

☖5七銀が第一感。留次郎は攻めてくるはず。☗5三銀☖同金☗同歩成☖同玉☗5四歩☖4二玉☗5三金☖3三玉☗6二金☖5八銀打までは一直線で行くだろう。

この手順なら、飛車を取らせるかわりに後手玉が安全になり主導権も握れる。自信がないことには変わりないが、まだまだ頑張れそうだ。

遼平は☖5七銀とした。

正確なリズムを刻んでいた留次郎の手が、一瞬止まった。だが、それもわずかな時間だった。留次郎は盤横にある懐紙の上の銀を手にすると、5九に打った。盤に張りつくような澄んだ駒音が響いた。

☗5九銀……遼平は思わず手を止めた。攻めてこないのか。これじゃ☗5三銀の狙いも消えて後手が得しているように見えるが……そんなことがあり得るのか。

留次郎の攻め筋が見えない。ただ受けただけに見える……。

よし、ここは行くしかない。遼平は△6三飛と浮いた。飛車、角、銀、銀だけでは攻め駒が足りない。△7三桂を活用するための勝負手である。

以下▲9一角成△7三桂▲2六香（さらに差を広げる一手）△1五角▲1六歩△2六角▲同飛△6五桂▲8七金寄△6七銀（勝負手）

（第15局3図　△6五金まで）

△遼平　持駒　香

▲留次郎　持駒　銀銀歩三

▲同歩△同歩成▲同金△6六歩▲5六金△6七歩成▲7九玉△6六銀成▲同金△5七桂成（勝負手）▲6四歩△6一飛▲7三馬△6六と▲8八玉△6七成桂▲5五角△6五金（3図）となった。
　遼平は2図から何度も勝負手を放った。一手でも間違えれば逆転できる際どい手を。しかしそのたびに、留次郎は最善手で返してきて差は縮まらなかった。

　留次郎の▲5五角は、いよいよ決めにきた一手。それに対する遼平の△6五金は、これ以上粘っても勝ち目はないと判断し、形作りに入った一手である。

　3図以下▲1一角成△7六と▲5三銀△同金▲同歩成△同玉▲6三歩成となったところで、遼平は投了した（投了図）。

投了図以下☖同飛は☗5四歩☖4二玉☗5三銀☖3一玉☗4一金☖同玉☗6三馬☖3一玉☗4一飛までの詰み。☖同飛ではなく☖4二玉と逃げれば即詰みはないが、☗5二金☖3一玉としたときに☗7六金と、と金を取られる。以下☖同金は☗2二銀☖同金☗6四馬☖3二玉☗4二馬で詰み。

（第15局投了図　☗6三歩成まで）

☗留次郎　持駒　金銀香歩三

☖遼平　持駒　銀香歩二

☗7六金に対して☖同金以外の手では先手玉の詰めろが続かないので、結局は寄せの速度負けを逃れられない。完敗だった。

留次郎の指し手の奥深さに、遼平は感動していた。強引に決めるわけでもない。しかし隙があるわけでもない。ときにフワッとした手も指す。局面を深く広くとらえ、包み込むように少しずつ押してきて、最後は一気に寄せ切る……こういう指し方を、自分もしてみたいと思った。

「負けました」

遼平は言い、頭を下げた。

「ありがとうございました」

と留次郎は応じた。

遼平の戦法について、留次郎は聞いてきた。後手から角を交換することは明らかに後手の一手損。しかしその利点を、留次郎は理解した。

「☖8四歩のまま、角交換するのがコツですね」

「はい、おっしゃる通りです」

「これも遼平さんの考案ですか」

「はい……しかし、留次郎さんの指し手には驚きました。私の工夫は、すべて見抜かれている気がして……」

「そんなことはありません。逆ですよ。一局目の遼平さんの戦法を見て、私なりに工夫してみたのです」

一局目も二局目も、留次郎は、その後二百年近くかけて進化してきた将棋の戦法を一目で見抜き、正確に対応をしてきた。まさに天才棋士。もし天野留次郎が令和の現代に現れたら……

そう思うと胸が熱くなった。

やがてお茶と茶菓が運ばれてきた。

お茶を飲みながら、遼平は留次郎に聞いた。

「無心で指すとはどういうことか、お聞きしたいのですが」

「はい」

「今日は無心で指せたと思うのですが、いつもこうだとは限りません。私の場合は、相手に意外な手を指されると動揺します。怯えが生じてしまうのです。いったん怯えると、局面が見えなくなります」

「もちろんですよ。留次郎さんは、相手の手に怯えたことはありますか」

「今でもときどきあります。怯えというよりは、心に波風が立つというふうに、私は理解していますが」

「そういう場合、どうされますか」

「まあ、仕方ないと思って諦めます。じたばたすれば、かえって波風は大きくなりますからね」

「それで気持ちが鎮まるでしょうか」

「うまくいかないでしょうね」

そう言って、留次郎はふっと笑う。

遼平も思わず笑ってしまった。

「波風を克服する唯一の方法は」と留次郎は続けた。「波風を立たせないことだ、と私は思っています」

「波風を立たせない……」

「つまり将棋の技を磨くのです。意外な手を指されたときに怯えが生じる。遼平さんはさきほど、そう言いましたよね」

「はい、確かに」

「意外な手といっても、数多い指し手のなかのひとつ。対応する順は必ずあります。技を磨けば、これを見つけることができます」

遼平は大きくうなずいた。

将棋に勝つ秘訣の八割から九割は、技術を磨くこと。

「そのうえで、ひとつだけ私が心掛けているものがあります」と留次郎は続けた。「浮きたつように指せ、ということです」

「浮きたつように指せ……」

「腰を引くなということです。もちろん、がむしゃらに向かっていけという意味ではありません。腰を引けば、刀を振っても切っ先は相手に届きません。平常心に少しだけ喜びと楽しさが混じっている。そんな気持ちで刀を振れば、自然に相手を切ることができます」

平常心に少しだけ喜びと楽しさが混じっている……初めて聞く言葉だ。

留次郎はさらに続けた。

「寒い日に、陽だまりを見ると思わず駆け寄りたくなりますよね。そのときの気持ちに似ているかもしれません」

「それが無心……ということですか」

「はい。無心とは邪念がないこと。何かに没頭している心の状態を言った言葉ですが、そこは『陽だまり』のような場所だと私は思っています」

不思議とよく理解できる。

留次郎の心がそのまま届いてくるようだ。

「ありがとうございます」遼平は頭を下げた。「もうひとつ、お聞きしたいのですが」

留次郎がうなずいたので遼平は続けた。

「将棋三家の内弟子さんは、どんな生活をしているのですか」

「そうですね……」留次郎は顔を上げて言う。「一日中、将棋を指していられればうれしいのですが、実際にはそうもいきません。朝起きると、下男に交じって家内の掃除をしたり、着物を洗ったり、飯炊きをしたり、来客ために下足番をしたりします。昼間から指せる日もありますが、それは限られた日です。自由になる時間は、日が暮れてからということになります」

春日の言葉を思い出した。

将棋三家といえども、やっぱり台所事情は苦しいようだ。

「日が暮れてから、お互いに指し始めるわけですね」

「ところが、夜には行燈が必要です。行燈に使う油は貴重品ですから、自由に使うことはできません。月明かりで指したり、暗闇のなかで指したりします」

「暗闇のなかで……目隠し将棋のようなものですね」

「そうですね」

長瀬の強さの一端が、わかった気がした。

「師匠とは指さないのですか」

「入門するときに一度指しました。私が五歳のときです。四枚落ちでした。師匠とはその後、指してはいません。相手はたいてい、兄弟子たちです」

一日中、将棋を指せるわけではない。

これは遼平には衝撃だった。将棋三家の内弟子は将棋のプロと同じ。屋敷内で毎日、しのぎを削っているものだとばかり思っていた。

自分の考えをぶつけてみよう、と遼平は思った。

「将棋は命を削るもの。命を懸けて戦うもの。その価値はあると思います。しかし命を的に戦うものではないと思っています」

「と言われますと？」

「初めての印将棋で、加藤小五郎さんというお侍と対局しました。最初、平手で指して私の勝ち。次に角落ちで指して、やはり私が勝ちました」

「加藤小五郎さんなら知っていますよ。伊藤家の元内弟子です。加藤さんなら、かなりの腕だと思います……やっぱり、印将棋をしていましたか」

留次郎は腕を組んで壁を見つめた。

沈黙が訪れた。

「印金は平手戦ではお互いに一両」と遼平は続けた。「しかし角落ち戦では、加藤さんの一両に対して、私には十両を要求してきました」

「なぜですか」

　留次郎は静かに聞いてきた。

「重みが違うと言われました。加藤さんにとって一両は、三ヵ月ほど生活できる大金。しかし私には、というより実際はそこにいる立岡仙太郎さんが印金を用立ててくれたわけですが、一両なんて端金。十両で釣り合うのではないかと」

「なるほど……理屈ですね。それで受けたわけですか」

「はい、受けました」

「加藤さんに角落ちで勝ち切るとは、さすが遼平さんですね。しかしそれは、加藤小五郎さんの罠だったと思います。平手戦で少し甘く指し、印金を吊り上げておいて勝つ。印将棋ではよく使われる手です」

「はい、角落ち戦でそのことがわかりました。技量の上で言えば、角落ちでは明らかに私が不利でした。しかし、加藤さんは敗れました。刀を売って、あるいは質に入れて作った一両を、加藤さんは失ったわけです。身体も悪くしていたと思います。彼は文字通り、命を的にして私に戦いを挑んできたのです」

「印将棋とはそういうものです。少し腕に自信があると印金を賭ける。勝って金を手に入れようとする。博打ですよ。いかさまもする。喧嘩にもなる。刃傷沙汰にもなる。そうなるともう、将棋ではない。将棋の家元は、将棋がそういう博打の方向へ向かうことを嫌っています。将棋の奥深さをひたすら追い求めます。この奥深さこそ、のちの世に残す財産だと私は考えています」

真っすぐ前を向いて指す。将棋の背後に広がる風景を見ながら指す。留次郎の目の意味を、このとき遼平は理解した。

「印将棋をしなくても将棋を指して暮らせる。そんな世の中だったら、加藤さんは印将棋に手を出さなかったのではないでしょうか」

「それは違うと思います」留次郎は穏やかな口調で言う。「伊藤家の元内弟子という肩書があれば、大店の旦那衆に手ほどきをすることで指導料をもらえます。それで十分に暮らしていけます。加藤さんはわかっていて、そうしなかったのです。遼平さんにもわかると思います。真剣勝負ですよ。加藤さんは真剣勝負に飢えていたのです。真剣勝負、つまりここで私と遼平さんが指したような将棋です。一度この経験をすると、命がけで対局しないと満足しなくなるのです。しかし家元を離れれば、そういう相手はいない。だからお金を賭けて、偽りの真剣味を作り出そうとするのです。あえて言えば……」留次郎はそこで少し間を置いた。「私がもし加藤さんのような立場になったら、やっぱり印将棋に手を出してしまうでしょうね」

遼平はうなずいた。江戸に来て最も苦しかったのは、真っ向から立ち向かえる相手がいなかったこと。だからこそ遼平は、仙太郎の誘いに乗ったのだ。

留次郎はお茶を飲み、茶菓を口にした。

周りにいる六人も一斉に茶菓に手を出した。長瀬も同じように手を伸ばす。目の前のものが見えているような、なめらかな仕草。

「将棋三家のお弟子さんでなくても」と遼平は口を開いた。「本物の真剣勝負ができる方法を私なりに考えたのですが、聞いていただけますか」

「ええ、もちろん」

留次郎は顔を上げた。

「まずは将棋好きの大店の旦那が、腕に自信のある将棋指しをこうした部屋に十人でも二十人でも集めて、対局をさせます」

留次郎は、何回かうなずく。

遼平は続けた。

「そのなかで勝ち残った者数人を、大店お抱えの将棋指しとして雇い給金をあげます。江戸で質素に暮らしていけるくらいの給金です。雇われた将棋指しは、毎日将棋を指し、お互いの腕を磨きます」

「私たちより恵まれていますね」

留次郎がそう言うと、全員が笑う。

遼平はさらに続けた。

「そうした大店が、三つ四つと増えた時点で、お抱えの将棋指し同士の対局を組みます。たとえば日本橋越前屋の何某と、日陰町川村屋の何某との対局というふうに。対局はきちんと棋譜を取り、勝者には勝ち金をあげます。そういう対局を、七日に一度、あるいは十日に一度の割合で行います」

「大店はかなりの出費になりますね」

「問題はそこです。瓦版がいいと思いますが」

「瓦版？」

「歌舞伎の瓦版を売っているのを、通りで見かけたことがあります。将棋も江戸ではすごい人気ですから、将棋の対局を瓦版にして売るんですよ。歌舞伎役者や人気力士と同じように、対局者の似顔絵を描いて、簡単な棋譜と勝ち負けも書いて」

「なるほど」

「もちろん、瓦版には越前屋さんと川村屋さんの名前も大きく書き入れますので、お店の名前も江戸中に知れ渡ります。まさに一斗二升五合です」

部屋のなかに、また笑いが弾けた。

「なるほどねぇ」

歌舞伎役者の大河内菊五郎が初めに声を上げた。

「そりゃ、いい考えだねぇ」

「こういう将棋が見られて、その上お店が儲かるんなら、まさに一石二鳥」

あちこちから声が上がる。

「将棋指しを抱えるお店がもっと増えたら」と遼平は続けた。「各大店さんが、たとえば十両ずつ出し合って、合計五十両や百両を積んで、大店の将棋指し全員で勝ち抜き戦をやるんです。江戸名人戦と称してもいいと思います。最後に勝った人が江戸名人という称号と、その金額を手に入れるのです。将棋指しはますますお互いに腕を磨き、将棋界は盛り上がると思います」

令和の現代と同じように、そのなかで優秀な棋士が誕生するはずである。遼平もまた真正面から将棋と向き合い、本気で指すことができる。

「私は是非、その大店になりますよ」

仙太郎が言うと、

「私もですよ」

浅草橋の染物屋、花山伊兵衛が応える。

「私もお仲間に入れてください」

銀座の両替商、三井伝次郎が続いた。

「私も、ぜひお仲間に入りたい。私のところのお抱え将棋指しには、酒は飲み放題にしますので」

酒問屋の松野利平が言うと、みんなが爆笑する。

「遼平さんを」と留次郎が口を開いた。「大橋本家の内弟子に推そうと思っていたのですが、どうやら無理のようですね」

また笑いが弾ける。

江戸幕府は三十六年後に終わる。そのとき、将棋三家は幕府という後ろ盾を失い、俸禄ももらえなくなり、実質的に消滅する。その後将棋界は、長く苦しい時代を生きなければならなくなる。

今の江戸で、自分が考えているこの制度を作り上げておけば、江戸幕府が滅亡しても将棋界は衰退しない。家元もその弟子たちも、この制度のなかに吸収できる。

重兵衛親子と煮売茶屋を続けながら、いずれ折を見て、この計画を実行に移そうと遼平は考えていた。きよと所帯を持っても続けられる。きよも賛成してくれるはずだ。お店の人手がたりなくなったら、雇えばいい。

「遼平さん」

と留次郎は言った。

「はい」

「江戸名人と家元の名人との間で、七番勝負をしてみたいですね。そこで勝ったほうが真名人になる。どうですか、こういう計画は」

「素晴らしい計画だと思います」

そのときは、遼平が江戸名人で、留次郎が家元の名人。

ぜひそうありたい。

目が合った。

留次郎の目は、遼平を通り越して、はるか遠くを見つめていた。


遼平は懐から簪を出して髪に挿した。

帰り道で、仙太郎はしきりに聞いてきた。

「さっきの話、私は乗った。あそこに来ていた花山さんも三井さんも松野さんも、間違いなく乗ってくると思う。あんたは越前屋お抱えの将棋指しになってくれ、いいね」

「もう少し待ってください。私はまだ、煮売茶屋の仕事がありますから」

「私が重兵衛さんに掛け合ってやるから」

「いいえ、もう少しの間は、今の仕事を続けさせてください」

重兵衛には、助けてもらった恩がある。

一緒にいたい気持ちも強い。お店に迷惑がかからないように、十分に考えてから実行したい。

そして何より、きよの気持ちも聞く必要がある。

「そうかい……なら仕方ないが」

大榎の店前に来た。曇っていて月は見えない。若い男が持つ提灯の先に、きよの姿があった。

「遼平さん、いい将棋だったよ。何と言っていいかわからないくらい、とにかくいい将棋だったよ」仙太郎は懐に手を当てる。「棋譜はここにある。明日にでもまとめて持ってくる」

軽く手を上げると、仙太郎は去っていった。

辺りは急に暗くなった。きよは手燭を持ち、木戸を開けてくれた。

「勝った？」

「ううん、今日は負けた。二局とも」

手燭の火のなかに、きよの白い顔が浮かんでいる。

「部屋に行きましょう」

きよの後について長屋に入った。

きよは遼平の部屋に入ると、手燭の火を行燈に移した。

「待ってて。お茶を煎れてくるから」

遼平は着物を脱ぎ、普段着に着替えた。

そのまま筵に座って待つ。火鉢はあるが、火がなくても部屋は暖かかった。

行燈の火のなかに、天野留次郎の目が蘇った。無心で指せた、と思う。局面の背後に広がっている風景を見ながら指せた。

勝ち負けは、不思議に気にならなかった。駒と駒が語り合う言葉に耳を傾けているうちに、気がついてみると勝敗が決していた。

長瀬歳三は言っていた。『無心とはどういうことか、留次郎と指せばもっとよくわかるでしょう』と。

無心の意味が、天野留次郎と対局して理解できた。

『浮きたつように指せ』と留次郎は言った。

気合を入れるわけではない。寒い日に陽だまりを見ると、思わず駆け寄りたくなる。そんな気持ちだと。それが『無心』で指すという意味なのだと。

心にしみる、いい言葉だ。

闇のなかで、遼平はこの言葉を何回も繰り返した。

手習いの師匠、春日洋之助の言うことは、半分は正しいが、あとの半分は違う。天野留次郎と話してそれがよくわかった。

先見の明を持って時代を見ること。時代の矛盾を見極め、それを乗り越えるための方法を模索して生きること。春日の考えはこれ。

しかし天野留次郎は、矛盾のなかから出ようとしない。あえてそのなかに身を置き、そこで生きようとしている。留次郎たちが守ってきたのは家元の古いしきたりではない。将棋の奥深さだ。それを守り深めるために、心と技を磨いてきたのだ。

こう言い換えてもいい。春日は時代を超えてはるか遠くを見ている。しかし留次郎は時代のなかにとどまり、心に広がる風景をはるか遠くまで見つめている。

留次郎たちがいなければ、令和の将棋界もまたない。将棋の奥に広がる風景を無心で見つめる目。それは、時代の矛盾のなかで生きた彼らが、その身を削って遺してくれたものなのだ。

遼平は目を閉じた。

大きく息を吸い込んでから、ゆっくり吐いた。

緊張が一気にほどける気がした。頭がぼんやりしてくる……祖父の顔が浮かんだ。

——遼平、元気か。

祖父は笑顔で語りかけてきた。

眉毛に混じる白くて長い毛が見えた。

——うん、元気だよ。昨日と今日、天野留次郎と対戦したんだ。

——天野宗歩のことだな。

——そうだよ。僕と同じ歳だった。角落ちで勝ったけど、平手で二敗した。でも、いい将棋が指せたよ。

——得るものがあったんだな。

——うん、あった。

祖父はうれしそうにうなずいている。

遼平が笑顔を見せると、祖父は手招きしてきた。

あのときの祖父だ。一ヶ月前に遼平を手招きしたときの祖父だ。

祖父は壁のすぐ前にいた。遼平は立ち上がって壁のほうに歩いて行った。

一歩、二歩、三歩……祖父との距離は縮まらない。壁に突き当たるはずだったが、祖父は身体は壁の背後にある。遼平は壁の向こうに足を踏み出した。

エピローグ

「お風呂、入りなさい」

誰かの声が聞こえる。

「遼平、お風呂に入りなさい。起きてるの？」

聞き覚えのある女の声。

お風呂……そんな言い方は江戸ではしない。

——祖父ちゃん、どこにいるんだ。

遼平はつぶやいた。

祖父が笑顔で手招きしたはずだ……遼平は目を開けた。

明るかった。目を開けていられないくらい明るかった。

この感触……身体がふわっと何かに包まれている。

目が明るさに慣れてきた。白い壁と将棋のポスター。机と椅子。窓とカーテン。床には祖父に買ってもらった将棋盤と駒。

遼平は飛び起きた。

周りをもう一度見まわした。

自分の部屋だ。間違いない。

再び、令和の現代にタイムスリップしたのか。

確かめる方法は……そうだ。

遼平はベッドから降りて、机のそばに投げ出されているバッグを開けた。

スマホを取り出す。一ヶ月くらい経っているから電源が切れているかも……切れていなかった。誰からも着信はない。何月何日だ……五月五日、十七時四十四分……マジで……遼平が二連敗してベッドに倒れこんだ日、そしてその時間……。

——夢だったんだ。長い長い夢をみていたんだ。

いや、違うかもしれない。

こんなふうに考えていること自体が夢で、自分はまだ幕末の江戸にいるのではないか。もう少ししたら、きよがお茶を持ってくるのではないか。

「遼平、お風呂どうするのよ」

という声と同時に、ドアがノックされた。

「ああ、これから入るよ」

無意識に言葉が出た。ドアが開いた。

母が目を見開いて立っていた。

「……何してるの？」

「何って？」

「だからその恰好。着物なんか着て」

「ああ、これ……」

「髪も後ろで結んじゃったりして……そんなに伸びてた？」

遼平は頭に手をやった。

「まあ、いつの間にか」

「髪に挿さっているのは簪？　そんな趣味、あったの？」

遼平は慌てて簪を外した。

「違うよ、勝つためのおまじないだよ」

母の様子からすると、遼平が一ヶ月も姿を消していたという感じではない。

母が部屋を出ていくと、遼平はベッドに座り、再びスマホを手にした。三段リーグにいる田所勝也に電話してみた。

「おお、中島か」

間違いなく田所勝也の声だ。

「どうも、田所さん……今、少しいいですか」

「うん、いいよ」

「どうでした、今日は」

「一勝一敗。通算で三勝一敗」

よし、まだ四戦しかしていない。

今日は五月五日。間違いないようだ。

「僕は二連敗でした。通算で一勝三敗」

「三敗か……きついな」

「今までベッドに倒れこんで、長い夢を見ていました」

「気持ちはわかるよ」

「今も夢のなかにいるみたいです」

「おれもそう思うときがある」

「そういうときは、どうするんですか」

「どうもこうもないさ。おれたちはいつも、夢のなかにいるんだよ。四段になっても、たぶんこの夢は終わらないんじゃないかな」

「ええ、確かに……」

「ずっと夢から覚めたくない。おれはそう思うことにしているんだ。たとえ悪夢だったとしてもね」

幕末の江戸は楽しい夢だった。

しかし再びタイムスリップして、悪夢のただなかに戻ってきた。

「田所さん」

「何だ」

「今期、一緒に昇段しましょう」

「おお、三敗。言うじゃないか」

「田所さんと当たるのは、八月ですね」

「楽しみにしてるぞ」

「気持ちが落ち着きました。ありがとうございます」

「おれも落ち着いた」

「それじゃ、僕はこれから風呂に入ってきます」

「おれは中間テストの勉強だ」

「あっ……僕もだ。忘れてた」

笑い声がスマホから聞こえてきた。

終話ボタンをタップすると、遼平は大きく息を吐いた。

田所の言うとおりだ。将棋を指している限り、ずっと夢のなかにいるのだ。

対局開始五分前。

盤の向こうには斎藤武史三段が座っている。三段リーグに所属する人たちも、周りで対局開始を待っている。

令和の現代に舞い戻ってきてから二週間。遼平はひとつの結論に達していた。

（第16局1図　△8六同飛まで）

あれは夢ではない。遼平が五月五日の夜、部屋のベッドで枕に顔を埋めていたほんのわずかな時間に、幕末の江戸にタイムスリップしたのだ。

江戸で過ごしたのは約一ヶ月。それくらいの時が経っていたということは、髪が伸びていたことからもわかる。そして着物。簪。

今日の遼平はハーフアップ。ジーンズに長袖のポロシャツ。簪はカバンのなかに入れてある。斎藤武史三段は、遼平の顔を見て一瞬目を見開いたが、何も言わなかった。

確かなことがもう一つ。過去は消えてはいないということ。時空のどこかに、今でも存在しているのだ。きよも、仙太郎も、天野留次郎も、そこにまだ生きているのだ。

対局開始。

お願いします、という声が室内に響き渡る。

先手番は斎藤三段。初手▲２六歩。遼平△８四歩。以下▲２五歩△８五歩▲７八金△３二金▲３八銀△７二銀▲５八玉△５二玉▲９六歩△９四歩▲３六歩△８六歩▲同歩△同飛（１図）となった。

予想通り、斎藤三段は得意の相掛かりできた。しかも本譜のような、すぐには２筋の歩交換をしてこない最新形の相掛かり。これは現在のプロ公式戦でもよく指されていて、研究テーマのひとつ。昔の相掛かりと比べると激しい変化の多い将棋である。

しかしここはあえて、相手の得意形に飛び込んでいこうと遼平は思っていた。将棋は簡単じゃない。天野留次郎との対戦で、それがよくわかった。

どんなに最新形を選んでも、その先で必ず難しい局面に遭遇する。そこをどう切り抜けるかが勝負の分かれ道になる。その分かれ道を自分で見つけて有効な手を指す。留次郎が教えてくれたその指し方を、遼平は斎藤戦でやり遂げてみたかった。

――やってこい、斎藤さん。

遼平は心のなかで叫んだ。

１図以下▲２四歩△同歩▲同飛△２三歩▲２六飛△３四歩▲８七歩△８四飛▲７六歩△７四

飛☗２二角成☖同銀☗８八銀☖７六飛☗７七銀☖７四飛☗８二角☖９三香☗９一角成（２図）と進んだ。

斎藤三段はやっと飛車先の歩を交換してきた。

２図へ至る途中の☗７六歩に☖７四飛のところでは、もし☗７七金なら☖８四飛と後手番らしく千日手を狙うつもりでいた。本譜☗２二角成は☖７四飛をとがめる強い手順。この順を選ばれたら、遼平も戦うしかない。

（第16局２図　☗９一角成まで）

☖遼平　持駒　角歩二

☗斎藤　持駒　歩

２図以下☖９五歩☗同歩☖９八歩☗同香☖９七歩☗同香☖９八角☗７五歩☖同飛☗７六歩☖８九角成☗７五歩☖７八馬☗６八銀☖３三桂☗３五歩（３図）となった。

最初の分かれ道に遭遇した。後手は攻め続けないと☗９四歩など、先手の確実な攻めが間に合ってしまう。しかし無理に攻めると、攻め駒が少ないためすぐに切れる。

遼平は手を止めた。どうするか……最後の☗３五歩は強い手だ。遼平の攻めを催促している。

まだ互角のはず。ここは攻めるしかないが、無理には行けない。緩手も指せない。攻めたあとでも均衡が保ったままの手順でなければならない。
遼平は自分の心のなかを覗いてみた。
怯えはあるだろうか……たぶん、ない。

（第16局3図　▲3五歩まで）

▲斎藤　持駒　飛歩二

△遼平　持駒　金桂歩

難問を前にしているが、不思議にワクワクしている。『浮きたつように指せ』という留次郎の言葉が蘇った。浮きたつ気持ちで刀を振れば切っ先は相手に届く。

冬の日の陽だまりが目の前に浮かんだ。

思わず駆け寄りたくなる。

第一感が浮かんだ。△4五桂。対して▲4六歩なら△3五歩▲4五歩△3六金▲2八飛△4六桂▲5九玉△3八桂成▲同金△4七銀……行けるかもしれない。

いや待て。ここで▲3九金と引かれると継続手がない。攻めは続かないのが一番よくない。他の手順か……しかし待て。▲3九金までの手順は、遼平が自然な指し手を続けている気がする。もう一工夫すれば、攻めが繋がるのではないか。
遼平は再び▲3九金になった局面を思い描いた。
天野留次郎ならどう指すか……留次郎は攻め続けているとき、一見すると的を外したような、フワッとした手を指すことがあった。

（第16局4図　△8六歩まで）

平手戦の二局目、遼平が投了間近のとき。留次郎は▲5三銀と攻めるところを、▲5九銀と守ったのだ。そんなところへ銀を打ったら攻めが続かないのに……なるほど、そういうことか。

遼平は軽くうなずくと予定通り△4五桂とした。斎藤三段は▲4六歩。以下△3五歩▲4五歩△3六金▲2八飛△4六桂▲5九玉△3八桂成▲同金△4七銀▲3九金となったところで、遼平は△8六歩（4図）とした。

直接手にこだわらなくてもいい。盤面を広く見て、有効な手を見つけ出す。たとえそのために攻めがスローダウンしたとしても。

指してみて感じた。

△8六歩は手ごたえがある。フワッとした手で、相手に手を渡している感覚。留次郎と対戦したとき、遼平は常に、手を渡されている感覚を持った。
留次郎は盤面全体を見渡し、有効な手を少しずつ積み重ねていって、いつの間にか優位に立っている。相手は、留次郎の指し手に返さなければならない。どういう手を返したらいいか……

(第16局5図　△3六歩まで)

ここで小さな差が生まれる。

質の高い手を指して相手に手を渡す。相手の指し手の質が自分より劣れば、そこに差が生まれる。自分より質が高ければ、それより質の高い手を見つけ出す。その積み重ねで形勢をよくしていく。これが天野留次郎の指し方。

斎藤三段は手を止めた。△8六歩の意味を推し量っているようだ。

——斎藤さん、どうする。

無視して斬り込んでくるか、あるいは対応してくるか。

斎藤三段はすっと手を伸ばすと▲同歩とした。対応してきたのだ。遼平は△9六歩。以下▲3七歩△

4六金☗5八桂☖同銀成☗同玉☖3六歩（5図）と進んだ。

斎藤三段は再び手を止めた。

☖3六歩では、たぶん☖9七歩成と来ると読んでいたのだろう。

しかし先に☖9七歩成とすれば、☗9二飛☖3六歩☗8一馬と攻められて、遼平がかなり厳しくなる。

遼平はちらっと斎藤三段の顔を見た。膝の上で拳をにぎり、目を見開いて盤面をにらみつけている。

☖3六歩の狙いを考えているのだろう。放っておけば☖3七歩成。これが厳しいことは一目でわかる。しかし☗3六同歩とし☖同金となった後の遼平の狙いを、斎藤三段は読み切れているだろうか。

攻めは繋がっている。しかしまだ互角だ、と遼平は思っていた。甘い手は指せない。先に間違えると致命傷になる。

斎藤三段は握りしめた拳を開くと☗同歩とした。遼平は☖9七歩成。以下☗9二飛☖3六金となったところで、斎藤三段はまた手を止めた。

斎藤三段は右の拳を握ったり開いたりしている。おそらく癖なのだろう。頬から首筋にかけて、真っ赤になっていた。そんな姿を初めて見た。

どうやら、遼平の狙いに気がついたようだ。☖3六金は地味な手。しかし次の☖4六桂が厳しい一着。ここまで来れば、後手優勢になる。斎藤三段を追い詰めているのを、遼平は実感した。

斎藤三段は唇を噛みしめると▲4七銀とした。遼平は狙いの△4六桂。以下▲4八玉△2六香▲1八飛△2九香成▲同金となったところで、今度は遼平が手を止めた。

慎重に読みを入れた。ここまでくればもう攻めは切れない。勝ち筋は見えている。どこかに読み抜けはないか。紛れはないか……三度、四度と読み直したあと、遼平は△6九馬とした。


（第16局投了図　△1四香まで）

▲斎藤　持駒　角銀桂桂歩三

△遼平　持駒　桂

斎藤三段の息づかいが荒い。盤上に伸びてくる右手が震えている。

斎藤三段は▲3六銀とした。遼平△同馬。以下▲4七金△1八馬▲同香△5八飛▲3七玉△6八飛成▲8一馬となった。

守っていても勝ち目はないから、攻めるしかない。斎藤三段の▲8一馬はそういう意味の手。遼平には勝ちまでの手順が、鮮明に見えた。もう、どこにも紛れはない。きれいな一手勝ちになる。

遼平は△3五銀とした。△2六銀打からの詰めろである。斎藤三段は▲4八香。以下△3六歩▲2七玉☖2六銀打☗1六玉☖3八竜☗7二馬☖1四香まで斎藤三段の投了。
投了図以下☗2五玉☖2四歩☗3四玉☖3三銀までの詰み。遼平の一手勝ちである。

できた、と遼平は思った。天野留次郎と同じ指し方が、自分にもできた。強引に攻め倒すわけではなく、小さな有効打を積み重ねることで優位に立ち、そのまま寄せ切ることができた。相手がいい手を指してきたら、自分もまたいい手を返せばいい。直接的に攻めていく手だけでは勝てない。我慢したり相手にゆだねたりという曖昧さを残す間接的な手も、非常に有効。形勢がいいときでも悪いときでも、この二つの手を念頭に置いて戦うこと。これが、心を安定させるベストの策であることもわかった。応手を見つける楽しさ。思わず駆け寄りたくなるような気持ち。天野留次郎の言う『無心』とは、そういう意味だったのだ。

遼平の目の前には、江戸の風景が広がっていた。きよの顔。きよとは夫婦になることを約束した。重兵衛やおかみさんの顔も、新太郎の面白い頭髪も目に浮かんだ。

仙太郎の粋な着物、甚五郎の江戸っ子気質、手習いの師匠、春日洋之助の時代を先取りする視点。加藤小五郎の刀と咳、長瀬の閉じられた目と、そして天野留次郎の遠くを見つめる目。

遼平はこの勝利を皮切りに十四連勝し、十五勝三敗の成績で、三段リーグをみごと一位で突破した。九月七日のことだった。田所勝也三段は十四勝四敗で二位。

遼平は史上六人目の中学生棋士となった。

――こういうことだったんだな、祖父ちゃん。

二人の昇段が決定した九月七日の夕方、対局室を出るときに田所と遼平は顔を合わせた。

「今日から、新しい夢が始まるんだな」

と田所勝也が言う。

「はい、この夢をずっと見つづけたいですね」

目を見合わせて、深くうなずきあった。

遼平にはもう一つの夢がある。

いつの日か、もう一度幕末の江戸にタイムスリップすること。

きよはお茶を煎れるために、遼平の部屋を出ていった。間もなく戻ってくるはず。その時点にタイムスリップすれば、夢の続きが見られる。

仙太郎は、遼平の提案を喜んでくれた。越前屋お抱えの棋士にしてくれると言う。江戸中の大店がそれぞれお抱えの棋士を持ち、互いに競い合わせれば、将棋界は一気に盛り上がる。そしていつか、再び天野留次郎と対戦したい。

令和の現代にある夢と、幕末の江戸にあるもう一つの夢。

田所と遼平は並んで通路に出た。

フラッシュが一斉に焚かれる。


（完）

新井　政彦（あらい・まさひこ）

1950年生まれ。埼玉県出身。中央大学文学部卒業。

学習塾経営の傍ら、35歳のとき小説を書き始める。

1999年『CATT―託されたメッセージ』で第16回サントリーミステリー大賞優秀作品賞受賞。

2000年『ネバーランドの柩』で第17回サントリーミステリー大賞優秀作品賞受賞。

2005年『ユグノーの呪い』で第8回日本ミステリー文学大賞新人賞を受賞しデビュー。

『ノアの徴』、『硝子の記憶』、『手紙』（いずれも光文社）を上梓している。


筆者からの一言……将棋は学生時代に夢中になった。最近は「観る将」だったが、ある日突然「将棋小説が書きたい」と思った。そして生まれたのが『時空棋士』である。

時空棋士《じくうきし》

2020年1月31日　初版第1刷発行

著　者　新井政彦
発行者　滝口直樹

発行所　株式会社マイナビ出版
〒101-0003　東京都千代田区一ツ橋2-6-3 一ツ橋ビル2F
電話 0480-38-6872（注文専用ダイヤル）
03-3556-2731（販売部）
03-3556-2738（編集部）
E-mail：amuse@mynavi.jp
URL：http://book.mynavi.jp

印刷・製本　中央精版印刷株式会社

定価はカバーに表示してあります。
乱丁・落丁についての問い合わせは、
TEL：0480-38-6872　電子メール：sas@mynavi.jpまでお願い致します。

ISBN978-4-8399-7140-3